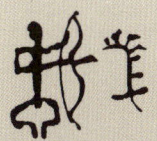

低到尘埃的守望

石功锦 ◎ 著

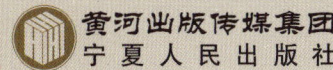

图书在版编目（CIP）数据

低到尘埃的守望 / 石功锦著. — 银川：宁夏人民出版社，2017.12
 ISBN 978-7-227-06812-9

Ⅰ．①低… Ⅱ．①石… Ⅲ．①诗集—中国—当代 Ⅳ．①I227

中国版本图书馆CIP数据核字（2017）第320570号

| 低到尘埃的守望 | 石功锦 著 |

责任编辑　丁丽萍
责任校对　赵学佳
封面设计　王　宁
责任印制　肖　艳

黄河出版传媒集团
宁夏人民出版社 出版发行

出版人	王杨宝
地　址	宁夏银川市北京东路139号出版大厦（750001）
网　址	http://www.nxpph.com　　http://www.yrpubm.com
网上书店	http://shop126547358.taobao.com　http://www.hh-book.com
电子信箱	nxrmcbs@126.com　　renminshe@yrpubm.com
邮购电话	0951-5019391　5052104
经　销	全国新华书店
印刷装订	西安友诚印务有限公司
印刷委托书号（宁）0007672

开本　880mm×1230mm　1/32
印张　6.5　　　字数　150千字
版次　2017年12月第1版
印次　2017年12月第1次印刷
书号　ISBN 978-7-227-06812-9
定价　38.00元

版权所有　侵权必究

村庄空空荡荡之后的人心变迁

黄海兮

诗歌中的故乡如明月和花朵,永不衰败。在唐诗里,我们信手拈来:月下、花前、古台、野寺、篱下、古道、胡马、越鸟……诗里的意象在诗人行走的路上,而不在故乡。几乎所有的乡愁和乡土皆在此处,而非彼岸。唐人诗里的故乡,物象是他们所到的日常,是在路上的写作,他们的诗歌不会像今天的所谓体制供养的诗人那样居家的写作,并美其名曰书斋写作。如果在书斋可以抵达诗歌的通途,就不会有采诗官到民间去采写《国风》,不会有周游列国的孔子编写的《诗经》,也不会有今天对《诗经》的一致评价:颂不如雅,雅不如风。

好诗可以是田间地头、市井巷陌、寻常人家,也可以是家国天下、金戈铁马,还可以是大乔小乔、云想衣裳。好呈现的是开放的丰饶和婀娜的多态。唐诗以细腻而大美,粗犷而雄实,平静而深思,雍容而华贵的姿态给今人提供唐人的日常和思行;唐诗呈现的足够的丰富性令后人叹为观止。那么,我们今天如何读唐诗呢。我想今读唐诗所能体悟的是知识和精神,而不是修辞和技巧,也不是字词句的诗意和释义。

唐诗如何为?在农耕文化主导的乡土中国,诗成了士大夫们情感还乡、抒怀壮志、风发意气、蹉跎岁月、书生报国的表达。那时诗人是"士"的宗法和礼乐的形象,是道德和知识的化身，是独善和兼济的楷模，又多是功名和利禄的追求者，即便在盛大开放的唐朝，这无形的枷锁也会套在诗人的脖子上，即使是李白这样浪漫豪放的诗人也免不了对权贵的追求。诗从《诗经》始，赋比兴，但唐诗中最好的部分恰是去掉这些语言修辞的部分。诗人在他们所处的时代的自由表达和时间局限的犬牙交错中潜行，唐诗中送别贬谪之诗名作叠出，诗人在困顿中追寻自我和人生真谛。如刘长卿《重送裴郎中贬吉州》的"猿啼客散暮江头，人自伤心水自流"，高适《别董大》的"莫愁前路无知己，天下谁人不识君"，王维《送杨少府贬郴州》的"长沙不久留才子，贾谊何须吊屈平"，等等，古人的伤情与豁达，纵意与不羁，所谓此处删除多少字和禁词几乎没有。

据史书《唐才子传》记载：维私邀入内署，俄而玄宗至，浩然匿床下，维以实对，帝喜曰："朕闻其人而未见也，何惧而匿？"诏浩然出。帝问其诗，浩然再拜，自诵所为，至"不才明主弃"之句，帝曰："卿不求仕，而朕未尝弃卿，奈何诬我？"因放还。在皇权至上的封建王朝，诗人孟浩然却"妄议"唐玄宗一番，皇帝虽有不悦，但也无加罪之有。换言之，这当属冒犯之诗，但却不因皇权威仪而诗不在，它传播至今，所以诗骨铮铮。李白有诗评价孟浩然：红颜弃轩冕，白首卧松云。当然孟浩然自己更是如此：拂衣从此去，高步蹑华嵩。在同时代的诗人中，孟浩然不事权贵，我行我素，以及诗风的个性自由与口语的表达恐怕只有大诗人李白青出于蓝吧。

以上由我最近读唐诗有感而发。

对照当下诗歌，好诗的标准在精神向度上并没有位移。

诗，只是越来越呈现出日常的碎片化和非完整性，一首诗的完成越来越琐碎，诗意的确立也越来越艰难，经验也越来越靠不住。在新的技术下诞生的新的事物，诗意的重新发现和表达将消解传统农业社会确立的审美。诗人伊沙"事实的诗意"的提出使得诗歌的内部结构、修辞、抒情、意义、象征和隐喻已经开始崩溃，新的诗歌美学更加强化日常记叙、情景片段和驳杂的生活场景，这些鲜活的物象来自诗人不断刷新的生活流和信息凶猛的当下，使得诗歌的写作变得越来越有难度。

　　再回到我读石功锦诗歌后的感想：乡土无法回到曾经的时间，乡愁已经支离破碎，乡情依旧割舍不了，乡土诗何为？乡土在经历巨变和阵痛后，诗人面对的乡土将是隔空感和错位感，而不是心灵旧有的归隐感。乡土不再是五谷、田园、乡俗、丧娶等，它更是村庄空空荡荡之后人心的变迁。

　　与朋友石功锦共勉，是为序。

目　录

1　回家（一）
3　回家（二）
6　村里老人
7　怀念祖母
9　鸟语
10　家园的路
12　立冬之鸟
13　雨中，湖边散步的女人
15　祠堂
17　七月的桃林
18　爱莲
19　梧桐
20　苦楝树
21　废弃的老屋
22　见面
23　活结
25　梅子
27　雨天为晴天的准备
29　童年
31　雨

32	雨后
33	淹没的鱼池
34	留守女人
35	笛声
36	离不开村庄的父亲
38	立秋
39	燕子
40	霜降
41	稗草
42	劝慰
43	茗藤
44	养鱼的女人
45	胃病
46	黑爹的帽子
47	岁末年初
48	桃花寨
50	密林深处的黄昏
51	煤油灯
52	祖母的遗像
53	米缸

54 脚印

55 大冶印象

58 湖中八月荷

59 秀水湾的黄昏

60 孤岛不孤

61 天鹅湖

62 龙爽瀑布

63 红豆

64 青海湖

66 腾格里沙漠

67 西夏王陵

68 春末，相约三山湖

70 走近婺源

72 茗山园博园

74 停歇樱花园

76 董家口

78 西湖

80 寒山寺

81 夜上海

82 乌镇

84　黄山
87　诗画上冯
89　毛铺水库
91　汀步咖啡屋
93　云台山上的无水瀑布
94　郭亮村山路十八弯
95　黄河在这里拐了道弯
96　樟树林
97　南漪湖
98　龙凤山
100　寻觅
101　观潮
102　短信
103　秘密
104　双轨
105　流水
106　邀约
107　夜行人
108　明月是一只盛过苦荞酒的空碗
109　秋分

110	秋阳是奶奶慈爱的目光
111	再看桃花
113	赠别
114	桃花
115	桂花
116	栀子花
118	灯光
119	黄昏
120	漂流瓶
121	我在桥头等过你
122	麻雀
123	荔枝
124	霜降
125	捕鸟
127	读余秋雨《门孔》
129	槐花
130	倾诉
131	离异
132	流浪老人
133	收废品的老人

134　山中孤寡老人
135　蚯蚓
136　蚂蚁
137　蜗牛
138　铁树
139　狗尾草
140　麦秆
141　深秋
142　雾霾
143　注释
144　盲人
145　河边的错误
146　夜宿千秀谷
147　还乡
148　村小
149　河流
150　葡萄
151　对视
152　雨后的阳光
153　江湖

154	改变
156	洁白的墙
157	夜行保安镇
158	冬之草
159	小雪
160	深冬
161	困境
162	大雁塔
163	神州牡丹园的黄昏
164	三月
165	一棵树
166	房子
167	歌声
168	大风过后
169	茶
170	雨中醒来
171	生产队
173	剃头匠
174	殷祖徐太村农家乐
176	美好的事

177　反复的雨
178　夜走大冶湖
179　柳
180　油菜花
181　今天，冶城引进仙岛湖的水
182　一里月光
183　采桃
184　又见栀子花开
186　伤口
188　回想
189　看花
190　秦淮河岸
191　南瓜
192　天真
193　诗歌是什么（代后记）

回　家（一）

在这三九严冬却温暖如春的节日
我带上妻子和儿子　回家

儿子茁壮成长　像老家门前的梧桐树
枝繁叶茂想在天空抓住什么
蓝天白云或铺天的星辰
目力所及尽是如歌如梦的憧憬
夹杂着零散的薄如蝉翼的忧伤

我要带他到村后松林听无忧无虑的鸟鸣
告诉他如今平整的土地曾经的曲折不平

妻子越来越喜欢对镜收妆
镜面越来越模糊
她焦急的微笑总是勾起无限回忆
她说厨房的柴米油盐
广场的舞曲使她晕眩
梦中的呓语　正如呵欠时掩不住的鱼尾纹

我要带她看看劳苦婶娘沧桑的脸上灿烂的微笑
告诉她祖母踩过的纺车依然回荡在老屋的歌谣

父母真的老了
老人像火盆　我辈时常回去取暖
火盆的炭火温暖　慈祥
我对炭火将要成为灰烬心存恐惧
到那时父母的坟茔将是一个倒扣的火盆

我要带妻儿看看父母一生未走出的土地
告诉他们每个节日都叫回家
不为别的　只为捞取一簇家园的春意
只为儿子像我一样把回家的路年年记起

回　家（二）

每月回村庄两次
每次像住了半月
年复一年　两鬓沾满的风霜
和村庄一样风过　雨过　霜过　晒过

村头的禾场　曾经碾谷晒粮
如今铺成广场　几排桂花树
仿佛一夜长大
小孩嬉戏大人聊天女人跳舞
舞曲将黄昏摇动
像风掠过扬穗的麦田
参差的舞步整齐的心愿
愿在这月光做背景的舞台上
桃花开时　步履轻盈

村后的坡地　不见棉花红苕
一畦一畦的苗木　如一夜春风
树林飞出一串串灿烂的鸟鸣
溅起朵朵白云

石径如溪流　延伸至白云深处
旷野的野花还在
摇摇晃晃从古笑到今
坚硬的水泥封不住绽放千年的微笑

随便走走　是一种浪漫的注视
再也看不见一间土屋及墙头摇曳的狗尾草
再也看不见墙根大大小小的柴垛
户户高楼　昔日的柴门虚掩在何处
老人独守高楼　在黄昏背后自言自语
心在眺望远方
盼年关明日将至　盼天空
成群的鸟飞向儿女到达的城市

绕一大圈　慎重踏进自家的门槛
七十岁的父亲在外干体力活
母亲坐在堂前缝缝补补　寒暄之后
唤我小名让我穿针
我不知道父母还能陪我多少年
当惶恐的一天真的来临
当我在这间屋子这扇窗前　再找不到
你们端庄的身影
这些阳光……将会是我紧噙一生的泪水

变化的村庄变化的父母
像一把刀子　在我已过不惑的脸上精雕细刻
岁月渐晚　空气渐渐凝重

只有荡漾的霞光不肯停息
只有荡漾的记忆不肯停息

村里老人

当太阳饼馍一样烙在天上
村里的老人　随处可见

背靠着墙根和村头老槐树一起站立的人
围坐家门口像在打坐轻言细语聊天的人
田埂上夹着一小捆柴走路格外小心的人
牵着幼小孙辈面带微笑身后跟条狗的人
反扣双手伫立在自家田地深情凝望的人

日出日落　老人成了村里的主角
看护着晚辈　房子　田园
就像看护着自己的体温
老人已被日子用旧被后人刷新
木屑一样将走过锯齿的一生
木屑如花
零落成泥

怀念祖母

旷野零星的鞭炮声中
麦苗正在拔节油菜花正在怒放
祖母的坟头　青草萋萋

祖母去世那天
安详地躺在那张旧床上
老屋人来人往熙熙攘攘
乐队　排子锣　绚烂的烟火
老人一辈子没这么热闹过

三十年前祖父因病先走一步
这一步走得太早也太远
从此祖母守着老屋和祖父的遗像
守着时常冰凉时常温暖的炉火
守着一方菜园和一方熟悉的天空

父亲多次接祖母进城住
老人总住不了几天
她说住在城里比坐牢还难受

她说城里的灯比天上的星还多
不像乡下　认准一盏灯就能回家

祖母信佛　初一十五经常赶庙进香
回来极有精神
有时提整壶菜油麻油敬献给寺庙
自己炒的菜却看不见几颗油珠

祖母有一笔存款
两万四千六百八十四元零五角
存折缝在棉袄里层
临终交给父亲时还有体温

祖母的坟在村后的山坡上
北风刮不进雨水积不住
远远望去好像她坐在那里
含笑望着我辈出门和远行的方向

鸟 语

窗外，对面人家屋前的桂花树
时常有你停歇的身影　歌声
你模仿花开的口形
让声音发出芳香
我凝神屏息伫立静听
像看到老家的田畈　旷野　竹林
看到月色与曙光交汇的山村静寂
看到母亲荷锄上地的身影赴约白发苍苍的黎明

家园也有百鸟争鸣
山中回音意犹未尽
杜鹃啼血布谷催春
燕子筑巢麻雀抢食
你是从我家门前的梧桐树飞来？
是要告诉我村庄高楼林立，丰收在望？
还是在说你的梦吆比翅膀飞得更远？

如果今日得空，你还是飞回去
嘴衔云笛，带去问候

家园的路

那条通往镇区的路
盘绕着童年迂回的记忆
泥巴上填满大小不一的碎石
现在铺上坚硬的水泥
老路已去远方
残存的依然藏匿在村后
被一些怀旧的树遮蔽
和忠诚的田野守望
虽然也面临着被四面高楼吞噬的危险
当我再次与它亲近时
它依然是泥土的
堆满陈年的落叶
乡亲父老的足迹将它扮靓
晴天　光洁如上妆的少妇
雨天　坑凹如老父慈重的面庞

我采摘过的菜园还在
只剩下一小块荒凉
那里有城里无法买到的母亲种的菜

傍着它
像我曾经紧拽着母亲的衣角
通往菜园的那条小路还在

水泥路四通八达　结成蛛网流向远方
房子拔地而起　通往高处
低矮的土砖房近乎绝迹
我还时时记起土墙角斜倚的农具
墙上钉子挂的草鞋草帽
屋檐滴答的雨水滋润的几棵狗尾草

村头的小河在途中丢失了流水
村后的荒丘办了养殖场不再绿草如茵
遗落在松树林中的书包和游戏被热闹掩埋
只有连接千家万户的小路还在这里
像一束束旧时的煤油灯灯光

立冬之鸟

立冬之后　我知道雨雪会接踵而至
家园的田野只留下空旷
迁徙的鸟群　穿越一个个村落
栖落在某个山头
仿佛旅途潦草的客栈
将在此逗留一晚
它们不知道远方有多远
不知道温暖的目的地有几多临时的倒春寒
不知道多少张网
捕鸟人潜伏林间

立冬之后　我时常仰望
看小城上空一拨一拨翔舞的影子
也听到快乐的鸣声里夹杂着悲泣
被冷风送至眼前

它们离去　很少见到归来
冷风中　我无法留住它们
也无法留住我自己

雨中,湖边散步的女人

雨仿佛只落在湖上,云却铺天盖地
这时辰,这雨,将湖面的匆忙逼散得只剩一叶孤舟
孤舟在眼前摇晃
你也一样,像风中的树,发出呜咽的回响

这些年,风雨已司空见惯
繁琐锁住了视野,累得只剩下夜深人静的呵欠
这些年,你不再像今天这样摇晃
不再把昨天的风雨夹在裙褶里
一些事越来越清晰,一些事越来越模糊
而镜子里的你,爱恨交织的泪水,不当是哭

湖边的小路是幽静的,只是太迂回
走到终点仿佛回到起点
《雨巷》走得太远,只留下惆怅,没有遇见
树枝上那多雨滴,一副欲落未落的模样
而明日,这枝叶,如同没有上妆的脸
雨水还是回归到水,并没有留下湿痕

雨越来越大，伞快撑不住
决堤的过往，宜疏不宜堵的决定
在眼前野花般的漩涡中，变得轻盈
雨雾肆意泼洒，往事纷纷扬扬
阻隔了明日，而明日
虹在当头，心在天涯

祠　堂

"石氏宗祠"几个大字
被风雨剥蚀得残缺
高大的拱门尽是虚掩
除了节日和喜事敞开
空荡的戏台
遥遥无期地等待
如墙头寂寞的草
雕龙画凤的石板
光亮中涂满黄昏的颜色

高悬如瀑的壁墙
宛如平田也有斜阳箫鼓
仰望天井如闻隔院笙歌

炊烟和旷野的风路过这里
要避开一排排老去的瓦檐

高高的香几上
供奉着佛祖和牌位

香火不断，虔诚的跪拜
传承着隔世的泪水
佛即慈悲，热闹的祭祀
安抚着贫苦的岁月

七月的桃林

小心翼翼钻进桃林深处
没膝的杂草要湮没桃林
三月的桃花节
六月的采桃节
我都来过
七月的烈日和暴雨
击退两个季节的缤纷

叶渐黄渐落
站立枝头做最后的守望
零落成泥只为春天再来

爱 莲

接天连叶
映日荷花
粉嫩淡红羞涩迷幻恍若新娘
游鱼嬉戏你长裙上蹁跹的蝶

肆虐的雨
立秋的风
荷瓣无力裹护嫩黄的蕊
褪红的欢情正渐渐过境

夏去秋来
岁月渐晚
荷残。莲蓬摇响八月的风声
摇醒淤泥下的藕拔节的梦境

梧 桐

一排梧桐挺立村口
像一堵寂寥的墙遮风挡雨
与村庄屹然相对默默凝望

村庄静寂,虫鸣和钟声来自远处
冉冉升起,梧桐的风声不再停留
叶子沙沙作响溅起田畈潺潺水声
如释重负的样子多么坦然
落日西沉梧桐召唤远山牛羊归来

月夜的梧桐树下
树影如雾
默默吮吸农家呓语的甜与苦

苦楝树

姑父走了多年
留下姑姑和一棵茂密的苦楝树

姑姑每天打扫落叶
扫一次,添几根白发
扫一次,添几根白发
头发全白时
苦楝树落光了叶子

我每次看望姑姑像在仰望一棵树
她站在粗壮的苦楝树背后
我需要泪眼模糊
才能将她看清

废弃的老屋

住过几代人的老屋
在轮回的四季岁岁平安
后来只住着奶奶一个人
奶奶走后
大门的铁锁生锈
后墙倒塌
墙根的杂草嵌进了天空

父亲把奶奶的遗像抱回新楼
老屋的横梁,拦腰折断

见 面

在一家店铺门口
两人见面
我二十岁,母亲四十岁
那天母亲穿件崭新的红棉袄
站在街对面踮起脚看

她家在保安街口
门前有对狮子
媒人跟母亲说起家境一声叹息时
我家的土砖墙上
狗尾草正在风中摇曳,土块剥落

从此,母亲没日没夜做庄稼
她要把麦子谷子变成金子

多年以后,新楼盖起
我买对狮子放在门前

活 结

那个下雪的冬日
我发现它腿部受伤毛发零乱
颤抖的身体只剩一双哀求的眼睛
几番包扎　喂食　梳洗
它抬腿在院墙落下的印迹渐长青苔

我和它在母亲脚下一天天长大
它时常陪劳累的母亲坐在门槛看光影挪移
有时它从池塘边叼条鱼放到厨房窃窃自喜
漆黑的夜晚它是大门口一片灯光
遇见陌生人的狂吠招来母亲斥责
它知趣走开又知趣回来

直到有一天我回家不见它
发疯的叫唤换来母亲一句实话
它被卖给收狗的人
一根套着活结的绳子
绝望的哀鸣勒紧母亲的叫唤
母亲凑足了我上学的报名款

从此我不再养狗
颈上永远套一个
无法解开的活结

梅　子

小时候　扎一对马尾辫
放学回家洗衣做饭打猪草
月光下在村口与伙伴做游戏
母亲在床前教她有关人生的句子
以及灯光指给她的白发和背影
那是母亲的年龄和美丽

十八岁那年　揣着母亲的零钱和眼泪
去一个陌生的城市
从清静到喧闹
从一个位置到另一个位置
从迟到的清晨到迟到的黄昏
思念和故土
在仰望高楼的昏眩中渐行渐远

如今　母亲时常在深夜
走到村口眺望远方的城市
仰望星空等待星星眨眼时透露的秘密
而此刻只有星星知道

知道母亲的年龄和美丽
以及　被自己眼泪灼伤的母亲的孤寂

雨天为晴天的准备

雨时缓时急,这天气
再忙,母亲也只能待在家中做些琐事
比如搓草绳,清理挂在墙上的陈年菜种
有些松动的锄头取下,又一次用木楔钉紧
缝被我磨破的书包……
都是做些晴天时的准备

也有另类情形,梅雨期
母亲在床上躺好几天,浑身无力
天一放晴,她又精神抖擞地在田地干活
那时我不懂,现在也不一定真懂
那些雨天,母亲说田里的稗草有人高了
地旷的野花开得很茂盛吧
苕藤细小的根在疯长,把一块地编织得密不透风
再下几天雨,用竹篙翻一遍恐怕来不及了
晚稻在雨中长虫,天晴该用药了
母亲摇喷雾器的姿势很优美,像广场舞的一个动作
蓝天白云禾苗鲜绿,是最好的背景

也有雨天，母亲打开陪嫁的那口大木箱
取两件走亲戚才穿的衣服，穿衣镜前试了又试
窗外有鸟鸣，断断续续，如一些水滴奔跑在阳光里

多年以后，雨天的我
在电脑前坐下来，把回忆打上去
不知道在为晴天和明天做啥准备
只知道那些无法忘却的事情都化作流水
我只能坐在船上慢慢渡河

童 年

赤脚奔跑
跑不出　瓦片打水漂的弧线
跑不出　发现小巢掏空后乱飞的鸟的视野
那头熟悉的老牛啊
我牵着它在时宽时窄的田边地头
深深浅浅的蹄印盛满母亲的呼唤
每当晨曦将梦剪成烟缕
将母亲荷锄上地的背影铺满小路
我背着带子断了几次缝了几次的书包上学
家与学校之间的小路
沉默得像春天的葡萄藤

没有水果　爬上桑树采摘桑果扎在衣兜
边摘边吃边想起蚕吃桑叶的情景
朝阳也沾满了酸甜的芳香
没有电视　邀约伙伴去邻村看露天电影
一路是夜虫迎接和欢送的声音
没有电扇　池塘边排满的竹床上
枕着星月在大人的谈笑声中梦也渐渐铺上夜露

没有积木　丢开书包捡块瓦片画方块跳行
在你追我赶的嬉笑声中拼凑多彩的时光

日子吸吮着多事的雨水
从泥土中长出嫩芽
从父亲葵花般眼睛倒映出成绩单的嬉笑
晴朗的夜晚　月光如水如画如烟如梦
如一张笑声编织的网

后来　我坐在家门口专为母亲磨镰刀的沙石上
眼睛流露出越来越多的故事
春天去了夏天来了冬天来了秋天去了
宛如花瓶的童年
已被岁月
击成碎片

雨

柳叶如伞,撑起湖堤一线柔软的天空
青草依然沁人心脾春意融融
远山的云,飘来片片热闹的遐想
密匝的雨,溅起朵朵安静的辰光

能否把整个村庄搬到水上
如鞋的小船穿梭奔忙
尹家湖的长堤就是村口清幽的长港
踱步的黄昏只须从体内抽出一束月光
就能声控灯般把整个村庄照亮
能否把炊烟聚拢飘移过来
身心的负累只须一声认清方向的呼喊
就能开怀畅饮柴火灶的饭香

从此无需撑伞
一滴水珠敲开老屋的轩窗
一片涟漪扩散荷花的想象
一束带雨的云朵
拂去我挂满眼角的忧伤

雨　后

雨后，堤岸的杨柳
是出浴来不及扎起长发的女子
湖水飘逸着脂粉的暗香
湿漉的身影
挽留我最柔软的顾盼

石板路欲干未干
积水遥问偎依远山的浮云
下一轮，是今夜？是明日？
是跃跃欲试还是突如其来

不一样的繁花
不一样的行人
不一样的天空
不一样的湖水

一样的是苍凉的回忆涌起永不停歇的雨声

淹没的鱼池

低矮的鱼池淹没成湖
都说池鱼思故渊
鱼却不见踪影，头也不回
没膝的芦苇
无力抓住一只水鸟的翅膀
渔棚开始漏水
抢插的网成片倒下
像件撕破厉害的衣褂

一夜之间，他疯长的胡须
被暴雨连根拔起

留守女人

白天的劳累和汗水，随了炊烟
黄昏的倦鸟和虫鸣，归途截断
庭院的荒草多么深邃
当初的恩爱远若星辰
四壁如幕，冰冷回放你的过往
黑夜漫长，潮涌堵塞我的门窗

我时常梦见你回来，我却不在
我去你打工的城市，你已回来
梦醒忘记擦肩而过的情景
只记得泪水洒落斜阳深深

笛 声

多年前她用笛声送男人下山
外面的世界从此杳无音讯
村落搬迁搬不动她和笛声
山路蜿蜒弯不出爱的身影
密林纹丝不动,除了风和花开
山下安家的儿女规劝她,她说——
听到笛声,你父亲会回来

她时常穿着当年的衣衫对镜端详
然后用一生的爱
奏响幽远的笛声
守望归来

离不开村庄的父亲

村庄的高楼遮拦了过往
却把父亲身影踩住不放
牛桩一样,系住父亲

老屋翻盖后的内墙不见湿痕
新栽的桂花树被一场春雨催出新芽
后山祖母的坟垒起整齐的石块
像锁住一个远方的家

父亲眼中的高压线铁塔胜过埃菲尔铁塔
送水堤也有长城的风华
保安湖和青海湖一样把天空倒挂
仲夏蝉鸣胜过鼓浪屿涛声的喧哗
父亲足不出户也能阅尽世间风景

每天到田地转转,父亲告诉我
死后就把他葬在水库边那个向阳的地角
四面芳草萋萋阳光温和

在村庄待了一辈子
余剩的日子更没有时间外出
父亲死而无憾
死时会有一张温暖的脸
和天空为我量身定做的
一朵不流泪的云

立　秋

暑去凉来，梧桐开始落叶
酷热在阵雨中变得虚张声势
绿叶舒展出又一个春天的意味
蝉声低婉，雁阵低回
紫色秋菊簇立在深色瓶内
幽静的书页翻不出琵琶的哀怨
云淡风轻的窗外
有烈日和暴雨的印迹晾干在窗台
秋天是一面湖水
我是被风吹落水面的一枚石子
当它沉到底时
岸上的微澜已渐渐平息

燕　子

南飞的燕子，继续把天空抬高
空荡的田畈，谷粒和草还在
高悬的大梁筑巢的过往
在停歇电杆的灰雀闲聊声里
一寸一寸黯淡下来

如今，柴门绝迹
燕子找不到回家的路
零乱的脚印
像昨夜闪烁落下的星辰

一生的飞行停歇迁移都是美丽的剪影
翅膀丈量的天空足够唱响大地的回声

霜　降

有你在，灯的确一直亮着
一截烫手的烟灰欲落未落
风和夜色七拐八弯
吹掉眉宇探出的两根白眉毛
两鬓较量的白
无法染黑流失的时光

从春到秋，我徘徊丛林，问过溪流
究竟要准备多久
才能迎接你的到来
究竟要积蓄多久
才能与你策马同行岁月深处

遗落花草和幽径，我的足迹
开始铺满冰冷晶莹的霜粒

稗　草

刚插上田的秧苗，整齐，好看
几天日照几场风雨，禾苗打苞
母亲病了，她不看医生
她说没病，只是腿软
她喝红糖水，水干
碗底的红糖块像田埂的一块泥巴

黄昏，她扛把锄头去稻田
有时把锄头当拐杖
她看见稗草，数了半天
数出一身汗，风一吹
她病好了

劝　慰

她说：
梅子山山口，总有一股来自田畈的清香
它跟我跑，跟我拐弯
是想欢送我到你家去？

他说：
我从家出来
不想空手回去
路面的积雪可以提速

她说：
我母亲到你家去看过，瓦面雪厚
北面土砖墙有些歪斜

风七拐八弯，把忧伤
从天边逼至眼前
他在雨中看一个月《红楼梦》
母亲装着若无其事，笑说：
那女孩不好，瘦得像火钳一样

苕 藤

苕藤剪成一截截,在雨天
顺着插入泥土,隔夜成活
烈日将藤苗卧倒
夜色积攒的露水
照样匍匐前进
伸展的长度追赶暮春的绿

春天结束,初夏来临
藤铺天盖地,母亲用根瘦长的竹竿
将藤翻动一遍,一条条藤路
像我少年的中分头

藤不翻动会节外生枝
会弯曲出另外的途径

养鱼的女人

如果不是男人那年驾的木船翻沉
她不会有这些重活,孤独和隐忍
黄昏,可以在鱼池的小木屋前
边闲话家常边听鱼抢食的欢腾
岁末,男人清池底淤泥
她坐在门前竹椅补渔网
冰天雪地,一家人用松树兜烤火
带有松香的烟
被湖风接走又来

如果不是儿子成人
她不知道这些年怎么度过
她庆幸自己活着
她把当年的鱼卖完
把历年的存款取出
为儿子在县城买套房子
同时拒绝儿子接她进城的请求

因为,这鱼池还有他父亲
还有她习以为常的寂静与安宁

胃　病

三年饥荒，父亲年少
去镇上买两斤大米
半路上，成群的雀鸟追随
在父亲头顶盘旋
父亲捂紧口袋，一路狂奔
在村前山岔口歇脚
头昏眼花
父亲把米袋打开，吃了大半

从此，父亲落下胃痛的毛病
尤其是收获季节，隐隐作痛

黑爹的帽子

黑爹一年四季戴顶军帽
睡觉也不摘下

村民说黑爹头上的癞子肯定难看
也许长了角，也许有井口般凹陷

六七年的一天，他父亲被人五花大绑
头上戴顶两尺长尖帽游街
半夜回来跳进村头古井
第二天被发现
捞起时身上满是蚂蟥，衣服零乱
帽子却勒得很深

从此，黑爹戴顶军帽
年轻时喜欢把帽子反戴
现在老了，每天出门
他要对镜看看帽子戴得是否端正

岁末年初

岁末。外出的人像蘑菇一样冒出来
家家户户像来了亲戚
炊烟如祥云,庭院如戏台
老人的微笑如除夕的焰火
儿媳的床被早已洗晒好
铺得齐整,铺满阳光的味道

年初。他们拎着大包小包离开村庄
头也不回,只有火车开动那一刻
扭头看窗外
长长的站台,不见亲人的身影
只见两列动车
车尾连着车头

桃花寨

新建的寨门口
飘扬着古老的旗帜

寨门口,坐着一个摆地摊的女人
面前堆着花生米、干薯片、水芹菜、
竹笋、印子粑、米折
午饭时辰,她端碗稀粥,喝得很快
好像有一堆游客争相购买
喝完粥,她用食指绕碗内一转
塞进嘴里,碗像洗过
怀中吸奶的孩子香甜地睡着
吃够的奶水滴在身上
是稀粥的模样

她亲手准备的土特产
称好捆好的土特产
她没有吆喝
她不看桃花

风掀起她秀美的长发
桃花寨的桃花，纷纷扬扬

密林深处的黄昏

走近密林
暮色与小路一起展开
月光始终爬不上来
一个人过惯了
晨钟暮鼓的日子
一个人适应了
密林深处的黄昏

准备一抹灿烂的晚霞
必定有星月在浩瀚的空中升起
准备一颗温暖的初心
必定有人为你准备绵绵的情意

黄昏的密林,是一座伊甸园
月出东山,伴你踽踽独行的
是错过依然美丽的远影孤帆

煤油灯

午夜的煤油灯和风
在祖母脸上点亮沟壑

祖母一辈子只认识二十三个字
字牌的二十个字和她的名字
她点亮灯盏,守我写字
夏天捏把蒲扇,冬天提把火炉
有时替我削铅笔
笔尖削得像针尖
她不时用针尖挑亮煤油灯灯芯

直到有一天
祖母的汗水和煤油灯
全部交给坟头的草
我才懂得珍惜头顶的灯光
才清楚白昼的黑和黑夜的白

祖母的遗像

老屋的大门
每年只为几个昂贵的节日敞开
钥匙在父亲手上
开门的刹那,高悬的屋梁
结满蛛网
清明这天,父亲不急于上坟
用新买的毛巾,将祖母的遗像擦亮
祖母更加慈祥,更加亲切
皱纹黯淡,白发银光闪闪

父亲把相框右边擦块位置
一颗豆大的雨水从残破的瓦缝滴落
打在我脸上
像一枚将要上墙的钉子

米　缸

把谷子碾成米
矮小的母亲健步如飞
返回的担子一头轻一头重
母亲的双肩在扁担中找到平衡

陶制的米缸，从不空着
盛过我的童年和饥饿的恐慌
尘封的米缸
像在尘土中走散的亲人和月光
千呼万唤不见悠扬的回响

如今的米袋，精致但不稳固
每舀一次我都小心翼翼

脚　印

我把床移到窗下看风景
只见一妇人怀抱一只狗
除了月光
还是月光

我发誓：要趁春光尚好走进桃林
要回我的人间
遗憾的是：林间布满零乱的脚印
桃林幽深
落英缤纷

大冶印象

世纪钟

人们都听得见
准确无误不知疲倦向四面八方传送的钟声
勤劳忙碌的大冶人白天将它挡在汗水之外
夜深人静伴钟声入梦
没有人像它日复一日执意地温情地问候你
带着青铜的气息
带着岁月的沧桑

世纪林

是蜿蜒的小路放慢了游人的脚步
是鸟雀的呢喃稀释了马路上奔流的噪音
是醉人的绿色吸纳了四面八方的烟尘
是这一方风景迷恋了所有清晨和黄昏

清晨的笛声　私语
黄昏的音乐　舞步

欢笑的湖水随风唱和
满怀喜悦和愁苦走进世纪林
遁入一片波光潋滟的明天

青龙山公园

进门是依依杨柳夹道欢迎的石拱桥
伫立桥上左右看看
湖水腼腆地不想载动桥上的脚步
只为你滚动倒映着树影　佛塔和歌声

一脚就踏进密林
风霜雨雪挤不进来
如同走进宽敞明亮的绿色宫殿
一个人放歌抑或是结伴而行相约密谈的欣喜
在常青藤上爬满回音

大冶大道

加宽　刷黑
城外壮阔的风扑面而来
阳光　草木　行人映衬得更加亮丽
大道正张开巨臂
盛载着大冶人的智慧与梦想扶摇直上振翅高飞

青铜文化广场

雄鹰展翅的路灯与繁星点缀的地灯相映成趣
众星拱月的音乐喷泉与苍穹遥相辉映
汉白玉雕塑的九龙柱
昭示着大冶百业兴旺乘龙腾飞
浮雕壁贯穿五千年历史
泰山石衡山玉天山岩三峡红黄山松辽东土
汇九州风韵展大冶大观

古铜矿遗址

生生不息的炉火伴一路楚歌
将一方水土照亮
照醒几多春天照熟几多夏日
照来漫山遍野的铜草开花

冶炼的情形历历在目
铸造的青铜器闪耀在四面八方上下千年
如今　日新月异的冶城沿着炉火的指引
创造一个又一个新的征程

湖中八月荷

眼睛近距离捕获湖畔熟透的荷花
朵朵像歇息宽大荷叶之上的小鸟
两耳不闻不远处知了喝退的黄昏
任凭这秋风追赶爬满沧桑的容颜

他在湖边走来走去
仔细辨认星星点点的荷花
没有两朵相同
如同世上没有两片相同的叶子

荷的心事在湖心的水声里舟行千里
蛛丝和凉意在八月的风中起伏低回
他想象说来就来的花落
像行走山林的幽径突然遇见悬崖

回头
他恬静的脸上闪烁着荷花般点点泪光

秀水湾的黄昏

蝙蝠的翅膀扇动秀水湾的黄昏
倦鸟归巢我已踏上旧时的归途
还是湖的轮廓，不见碧波
点点荷花是离人的泪
再充足的雨水来袭也漫不过荷叶
从未放到怒放
从怒放到凋零
一步之遥却像远隔千山万水

我今天来是忙里偷闲
荷下一只水鸟
漫不经心地把清幽停泊成永恒

用一首诗来表达此刻的心境太艰难
太安静了，一个人的秀水湾
突然觉得一生就像鸡鸣一样短暂
来年的荷，来年的我
还是这相遇的地点
夕阳西下，还是一个人？

孤岛不孤

远岸,楼台,丛林,繁花,鸟语
芦苇摇响唱晚的渔舟

云外有云,山外有山
云雾之外还有云雾
雾连着水,水连着岛
岛连着岛上岛下的倒影
倒影连着飞鸟的翅膀
翅膀连着天际寥落的星辰

山外,是开发和正在开发的楼盘
山外,是合作和正在合作的梯田
一片喧嚣翻越笔架山
吹皱一湖碧水
从此孤岛不孤

天鹅湖

凉风，溅起湖面敛滟的波光
日月，翻转两岸蓝黛的苍茫
青山环绕苍穹
白云跃入水中

忙碌的天鹅，展翅而至
轻盈，曼妙，咏叹时光的幸运
温馨笑语已播下甜蜜的种子
在丛林和水面生根蔓延
在美好时日将曾经的诺言一一兑现

龙爽瀑布

来自漫山遍野泉孔的水汇集
悬崖口，纵身一跃
阵阵轰鸣飞流直下
不再停歇
从漩涡涌起的喧哗载着歌谣
去向远方

所有观望均化为水声
潺潺水声不再是过客

红　豆

随处可见，笔架山
满山红豆将尘封的相思逼至眼前
春天的繁花秋天的果实
一路走来经历如醉如痴

人到中年，红豆的诗句并不遥远
百转千回，红豆的猩红梦绕魂牵
身临其境的遇见
流连忘返的缱绻
成了一别之后午夜反复的章回
转身回眸
斜阳正好
芳草萋萋

青海湖

几百里草原
羊群和草随处可见
四处寻觅水的踪影

走近青海湖
我恍然大悟
蓝天把一块白云当作哈达
我受宠若惊

水至清　游鱼却清晰可见
水至远　目力所及不见地平线
粼粼波光　一定是我昨夜梦里
落下的点点星辰与霜粒

岸边堆满光洁晶莹像有文字的石头
石头上刻着什么
是一群藏羚羊　在蓝天下奔跑
还是几个喇嘛　在庄严地诵经

夕阳如雀　栖落在石头上
和王母娘娘巨幅雕像前

腾格里沙漠

像铺了一层锦被的山脉
像铺了一层金子的山脉
游人蜂拥而至
赤脚踩上如粉的沙粒
沙里的清凉沙外的赤热
还能听到昨夜吮吸夜露的声音

远远望去,许多人在沙中出现
又从沙中消失
沙漠没有喧闹的痕迹
行走的游人是安静的
悠闲的倒影与驼铃声重叠
其实漫无目的
过去和未来都静止在驼印里
一路留下,一路消失

神灵在上,天空开阔而明净
爱在低处,沙漠绵厚而深远

西夏王陵

其实就是一个土堆
像燕巢的土堆
千年的风雨,千疮百孔
将一个王朝一段历史尘封

鹰一样崛起,鹰一样消失
崛起时,铸剑为旗,铁蹄踏遍,遍地秋色
山川河流日月星辰降身麾下
驾长车,踏破贺兰山
崛起时,江山如画英雄如虎美女如云
美酒用尚存余温的血液酿成
崛起时,春花带笑秋草无言
秋风塞上劲,胡琴有七弦
舞榭歌楼,在怒吼的黄河水中,此起彼伏

而消失,仿佛一团云影打雷闪电轰轰烈烈地横过天空
之后无影无踪
而消失,除了废墟还是废墟
最大的废墟,难道不是这贺兰山脚下的西夏王陵

春末,相约三山湖

春末,奔湖而去
三山扑来
满眼的幽静洗涤尘埃
飞鸟从密林钻出小憩于网上
整个春天在鸟鸣中急切回放
水草摆动身姿低声絮语徐徐舒展
向湖心蔓延
岸边的木船残留春潮带雨的迷蒙和芳香
桨声在远方

凭栏驻足往事许些
借小木屋的别致且托举一杯三山湖酒答谢
一轮藏在水中多年的明月在酒中泛起
游鱼自由自在地追逐嬉戏成片的涟漪
你要我读书写诗做人做事
而我懵懂无知无法预见前路的风雪
你逼我一路逼至春暖花开

船舷连着船舷

所有的爱与空洞次第饱满
十个指头遗下爬行的痕迹
沿着湖水找寻理想的华年
命运和灵魂的独幕剧敞开
将荷花和梦，月色和酒
调成一片永不褪色的湖光
作为干粮从一个湖岸漂向另一个湖岸
永不迷惘

很多等待厚重而又悠长
湖对岸的落日已成过往
我把前半生的遐想后半生的光亮
聚集在这春末的浩渺的三山湖上

走近婺源

婺源　我早就想来看你
却因为种种理由
让眼神爬满期盼的忧伤
婺源　你也在等待我吗
等待却是这样天长地久

汽车飞驰　像是载不住我巨大的兴奋
沿途稍纵即逝的都是为你铺垫的风景

一头扎进　李坑的小桥流水
像一条欢快的鱼
扶携着竹筏小舟穿行
依依杨柳夹道欢迎
大片油菜花脉脉含情
游人如织商铺林立
延伸至白云深处

"晓起"是两个村庄吗
传说是一个山妹挑起的两个花篮

遮天蔽日的千年古树
像一个个巨大的降落伞
拴着游子的心

"江湾"的往事并不如烟
洁净的石板街遮盖不住历史的精彩与厚重
高悬的灯笼点燃太多引以为荣的回忆
"潇江"一族的金榜题名文成武就
在潇江大宗祠济济一堂

鸳鸯湖的舟子会使人迷路吗?
延村的风火墙只会防风与火吗?
多少人在彩虹桥上看风景多少人在桥下看桥……

天色已黄昏　我该走了
婺源　我带不走你捎不走你
所以　我要在最后一瞥中
将你压缩打包
揣进我从此枝繁叶茂溪声潺潺质朴向上的心灵

茗山园博园

地下的矿藏已开采到看不见的深度
而墙面的裂缝和被污染的山川河流
在叫停在诉说在呼唤　于是
园博园　在茗山在杨桥　精彩呈现

不必记住所有花的名字
那些花朵的颜色和芬芳的空气
每时每刻会想起我们的来临
不是所有的花都开了
是留一半清醒留一半醉？
还是让想象在来年春天有更多的流连？
我在花丛中来来往往
触手可及却不忍心采摘
据说这花可以提取精油让美丽永恒
这永不凋谢的花

水库堤花团锦簇
拾级而上　偌大的水面静如明镜
远山连绵参差　千门万户点缀其中

水是蓝色因为蓝天的掩映
若有游船或木筏我一定去对面看看
或潜水与大鱼结伴而游
扔下一枚石子　试探水的深浅
尽情一声大吼　试探来自远方的回声

四通八达的路墨迹未干
港底的流水像承载太多悲欢离合
在跃跃欲试
沿途的商铺林立游人如织
曾经的竹篱茅舍犬吠鸡鸣一去不返
是隐藏去哪？
百年千年没有真正的告别

停歇樱花园

究竟怀着怎样的心情走进樱花园
答案竟不止在欢快的归途中

结伴而行的
是并不遥远却宛如河底石子的记忆
历经岁月冲刷光洁得如梦如幻的记忆
在踏进樱花园的那一刻　扑面而来

并没有闻到樱花的幽香
却看到瀑布般飞流直下的落叶
扶携着凋零的樱花　纷纷扬扬
游人纷纷躲避　我却在风口仰望
是阳光和风对樱花的眷恋和怀念
让它在零落成泥前有一次欢畅的流浪
所以　我趁他们与樱花合影的时机
守候眼前的这一场景　轻轻吟唱

是樱花太多还是光线太强烈
仔细辨认它的颜色之后

还是把目光转向开过的花树吧

绿叶依旧长在原来的地方
那里纠结着终我一生也无法说出那个盼望

小溪顺流而下　百转千回
在坡坎与乱石中承载太多的喜悦和愁苦
在去远方途中不曾停歇久违的歌声
漂泊了这么多年　许多片段已不再伤感
因为有蓝天与樱花的掩映
因为春天　因为一个个在春天觅寻的身影

回首炽烈如火又温柔似水的樱花园
终不过是一页匆忙而又迷离的记忆

董家口

走在去董家口的路上
从内心到山边　山的那边　再到天边

山高林密
像大片云　与天上游动的云骄傲对视
踏进去才记起云深不知处

翠竹漫山遍野　层层叠叠
没有风声　阳光被竹叶筛得满地都是
亮绿的竹竿撑起成片静默的风景
置身林中　想象风中雨中雪中的另一番情形

山上的寺庙隐蔽得十分显灵
所以大家一起寻找的　不止是路
还有一路跪拜而去的信徒和僧侣

水至清　游鱼却依稀可见
粗略一看是蓝色细看是绿色
因为蓝天和竹林的掩映

因为深秋空人心的潭影

当所有浮华此刻被挡在董家口
蓦然回首　才发现眼前
正是我觅寻多年的地方

西　湖

与西湖相遇　在金秋
唐突的不安相遇的喜悦被万木遮掩
西湖待守闺中　呼吸急促
是唐诗宋词将心思沉淀

千年前政治漩涡的纷乱已被湖水消融
倒映出的白沙堤乱花迷人
与游人欢快的脚步唱和　杨柳依依

断桥不断　承载风雨千年
许仙与白娘子相期渺渺　不是传奇
有西湖作伴有日月见证
彼此忠贞是爱情的起点　也是归宿
多少人脚踏断桥却只滴落几声叹息
看青苔斑驳　听湖水欲说还休

西泠桥与断桥相视无言默然不语
桥畔那棵虬枝古朴的松树还是五百年前那一棵吗
何处结同心　西陵松柏下

桥与树一定听到苏小小与阮郁的海誓山盟
一定听到深情守望的断雁鸣叫西风

孤山的梅花并未怒放
只见疏影横斜暗香浮动
水清浅　月跌落黄昏
两岸青山相对无言　离别才是孤苦
是弥漫烟火气息的湖水连接两情依依

雷峰塔早该倒掉也早该重建
让多少人长吁一口气
塔顶金光闪闪与波涛合拍
在吴侬软语中轻吟和美的歌声

湖水并不清澈　掬一口清甜可口
是西湖在淡妆浓抹
真想跃入湖中　洗落一身风尘
又怕　湖底千年的淤积

归途的步履并不轻盈
游船依旧在湖面匆忙
耳畔低吟着湖水的诉说
诉说千百年来爱情总是见证着岁月的沧桑

寒山寺

柔婉的言语姣好的面容精雅的园林幽深的街道
全是铺垫
追寻的　是寒山寺的钟声

耳熟能详的故事
妇孺皆知的诗句
在扑面而来的寺庙前
化作缕缕清香的沉思

张继在落魄后奋起
寺庙从此十分显灵
接踵而至的学子虔诚跪拜
而我早已束手无策

猛然看到壁墙上的禅语
如落群的孤鸟找到栖息的参天大树
才意识到四十岁之后的今日初来
并不太迟

夜上海

所有灯光趁黄昏次第开放　如花
却在黎明时分全部跌落怒吼的江水
连同带笑的星月

留给我的却是永远的璀璨

乌 镇

百年老床在百年老宅　睡了
像年迈的老者
陷入追思与怀想的包围

三白酒的酒香是酒酿的絮语
在微醺的空气里
与游人耳鬓厮磨

小巷悠长得像一曲琵琶
又像宋词的长句短句
起伏的韵脚　参差的心情
倒映着江面女子撑着油纸伞走过的背影

桥的倒影精巧得摇摇欲坠
桥上的别离与等待装饰了多少人的梦
河水轻柔　流动的桨声逆流而上
像回家的鱼

乌镇

是我一场萍水相逢的爱情
是一个迷了路的秋波
即使离别
我还会千万次重逢
在梦里

黄　山

当我从积重难返的中年期抬起头来
发现黄山的天空　云卷云舒
虽结伴而行　我还是东躲西藏
一根草一棵树一块石一片云
觅寻是经历了艰辛苦难
到来却是如此突然
黄山　我已等你四十个春秋

生怕缆车将风景一滑而过
我决定徒步穿行
跟随挑夫的脚印

松随处可见
扎根危崖峭壁顶风沐雨穿云破雾
因此体形矮小虬曲多姿
与探海松对语　如探海中之物
破石而生寿逾千年的迎客松呢喃自语
来者是客　来者有心

问君何处是归程何人不是客
片刻的凝视便是一生一世
一根两干并蒂相依的连理松
枝枝相通见证着忠贞
也在抚慰许多孑然一身的叹息

游人的熙攘让山更幽静
在岩石旁无语伫立是想落地生根吗
移步换景　情态各异的怪石
我匆匆而来又匆匆而去如何全部惦记
金鸡叫天门——石如金鸡报晓
啼醒几多闻鸡起舞的光阴
一线天旁的蓬莱三岛
云雾起时如海中岛屿
是人间仙境是海市蜃楼我已飘飘然
狮子峰前那只猴子不只在观海
无云海时是在观望太平
在与祈求太平的游人无语凝视
北海散花溪的笔锋真的生花
天空作纸　挥毫泼墨
展示一幅又一幅浓墨重彩绚丽多姿的画卷

都说云以山为体山以云为衣
拾级而上踏入云海
回忆与憧憬随云起舞
扑面而来的兴奋
是海纳百川的豁达而包容

穿过八百级莲花沟登上莲花峰　有惊无险
攀行道中的天海东海前海　一览无余
莲花峰是如来的宝座
正襟危坐　立地成佛
一世修行也不及这片刻的休憩

登上光明顶　一览众山小
豁然开朗茅塞顿开
偌大的黄山把阳光收集此处
诠释前途光明道路曲折的深意

不上天都峰真是白跑一场空
拾级而上风光无限
鲫鱼背两边悬崖深不见底
抬头令人心悸
回味心旷神怡

黄山的泉瀑温馨花木成性鸟兽可心
黄山的空气清凉泥土温软寺庙显灵
即使踏上归途我还在领略
离开黄山就像一滴水消失在雨中
浪漫了解脱了　天宽地阔
厚重了坚定了　踌躇满志
一别之后
我的心我的灵魂却永远驻恋在此
归来带上太多彻悟和终生难忘的爱恋

诗画上冯

九古奇村,近在咫尺
踏进去的那一刻才明白太迟

爬满青藤的老屋,错落有致
散落在一片滴答的水声和虫鸣声里
倒影在池塘摇曳着静寂和清凉
鸭子悠闲感知河水的温度
屋檐下的沟壑,涓涓细流是优雅的虫鸣
坐在自家门槛剥笋的人,像在数一堆零钱
浓阴下的舞步与斑驳的光影唱和
槐树上的喜鹊像在主持
纷纷登场的,是最美不过的心境

根让眼前一亮
坑坑洼洼盛载了千年的光阴
当年绿荫婆娑的英姿依稀可见
真像一枚镶嵌在大地的印章
恍如一梦,留此为凭
当山空月明,当一切都已澄净

想起北方的胡杨山村的童年
想起小城的这些年今后的路
来来往往，只有奢华的感觉被封存
它才会告诉你存在的意义

拾级而上，漫山遍野的原始林木
明日当空，清泉石上流
一伙人在石凳上聊天
一棵树被风吹倒，完整地躺在那里
是不是因我的到来
乘龙亭上空的云雾不再停歇
山色空蒙如绿野仙踪
鹿头夕照的黄昏是在等我吗？
我只能在归途的石阶上留下一首诗
让它沉淀出所有的昨日

毛铺水库

连绵不断的山脚加一道堤坝
造就了这一脉安静的水
是峡谷的风还是木船的桨声
将水面吹拂成鱼鳞状？
是不远的炊烟还是头顶的白云
将四野映照得白茫茫？

一座孤岛，一间房子，一个外地的渔夫
每夜十小时，风波里出没
收获要看天气，还有季节
每年四个月，其余日子去外地谋生
像候鸟，惺忪的眼涯荡漾着风声和涛声

寂静的水面画满期待和鸟鸣
看到沿岸垂钓者专注的神情
看不到鱼饵的诱惑和鱼上钩后挣扎的落寞
而水底，依然江山如画

阳光迟迟不肯走进不远的峡谷

山峦上的绿林呈现黑色
头顶的云朵,选择在极蓝的天空漂泊
我会铭记这水的饱满与沉静
将忽隐忽现的梦想,重新累积

汀步咖啡屋

坐落在繁华拐弯处,繁华止步
满屋花草的味道书香的味道咖啡的味道
时光渐缓出停顿的味道

壁墙的山光秋影,流水高山
勾住往事,随咖啡热气腾起的陈年旧爱
如丝如缕,萦绕盘亘
斟满记忆,斟满欢颜
虽是孑然一身品味
苦涩之后余香久远

失群的孤鸟是该衔一枚月亮来
在音乐弥漫、白发渐黑的时刻
音律沁人心脾。隔着玻璃看屋外的雨雪
落地融化的,是千疮百孔的履痕
寂静无声的,是积蓄已久的呢喃

独自坐下,心如磁石
芸芸众生我是谁呢?

我与咖啡只是一种巧合
生存在繁华与落寞的夹缝
我已错过太多落晖,错过你
错过无法重来的青春年华
却再也不能错过这心有灵犀的汀步

云台山上的无水瀑布

裸露的石头,千奇百怪
一致呈现干涸的颜色
幽长的狭谷
石缝间残存的水
顽童的嬉戏泛起涟漪
它深信雨水还会落下
所有石块不过是沉心湖的石子
还是沿峡谷找寻尽头的那道瀑布
在宣传画中飞流直下不止三千尺的瀑布
千呼万唤,突现眼前
一片原封不动的陈迹
静静地悬挂在绝壁
观景台还在
悬崖上的花草依然布满露水的沼泽
一个小女孩说:今年还是没有看到瀑布
转身离开
我说:也许明年再来
异样的声响会漫过观景台

郭亮村山路十八弯

这里每个人,过惯晨钟暮鼓的日子
这里每一天,都像晚唐诗人的绝句
步步惊心的来路和去路
习以为常的远行和归途

摇摇欲坠的石头
是野生的花瓣
车在半坡急停
像缆车停滑半空

侧面是万丈深渊
对面是阳光灿烂的悬崖
像竖立的一面镜子

黄河在这里拐了道弯

高速公路上惊现黄河的一道弯口
趴在平原一动不动
从天上来,奔流到海的黄河
一截一截枯瘦许多

每年有多少沙尘卷入黄河
飞机在无数山头撒播的野刺槐
吃力地寻找露水把绿叶展开
石头和沙土,渐长青苔

多年以后,野刺槐漫山遍野
风会把泥沙吹回山中
黄河不忘初心
依然奔流万里

樟树林

樟树林是郎溪的背影
一步步急切看到全身

隔着玻璃窗
此起彼伏的绿闪耀光芒
喜欢这成片的林子
和林间光艳的夏天

还在去往郎溪的路上
每棵树像郎溪的亲人
在风中歌唱
在月夜歌唱
唱出原始的血,唱出刻骨的伤
从太平天国,唱到游子梦乡

此后的两地人,夜夜无眠
此后的樟树林,挂满泪光

南漪湖

一棵五百年香樟
身子掏空的部分灌满泥浆
簇拥周围的桑果，甘甜芬芳
抬头，湖风从对岸吹来最初的模样

阳光和云朵，在水面流淌了多少年
捕鱼的木船，歇息在岸边
静止的船头，深情地眺望
多少水痕跟紧水流的方向
生生不息，来日方长
多少水草捂紧伸展的梦想
袅袅婷婷，摇摆希望
多少游鱼追寻最初的过往
一日千里，游历四方

南漪湖，我昂头赶来
只看见湖心的竹竿
挑起一轮难过的落日

龙凤山

几重烟雨,竹笋成竹
笋叶无风也能剥落下来
经年的竹子
引领阳光把天空敞开

沿开辟的小路蜿蜒而上
清幽的鸟鸣如山涧的溪流
龙和凤鸟都已飞回
山下呈祥的村庄,山高水长

菜地,鱼池,养殖场
瓜果,花草,加工厂
曾经是荒地泥沼
哪里来的和风改变了卑微的模样
哪里来的光晕辉映着壮阔的肩膀
哪里来的灯火笼罩着惯有的灰暗

天慢慢升高,龙凤山透出黎明的光亮
这里的一切像被雨水洗过

低到草根的尘埃，开出花朵
那么多人，风尘仆仆赶来
昔日的荒山野岭，不再沧桑

寻　觅

天晴久了盼望下雨
雨下久了盼望天晴

风一会儿向左，一会儿向右
甚至极左，甚至极右

寻觅，晴雨相间的天气
等待，不偏不倚的和风

艰难地寻觅
焦急地等待

突然发现，绿叶如此干净坦然
以处变不惊的姿势平和地微笑
笑飞鸟来来回回
笑潭影不空人心
笑那些已成定格的日子
还在风中摇晃

观　潮

潮赶到眼前突现汹涌
前兆是推波助澜的浪涛和风

观赏于围栏之外
从地平线一线银光开始眺望等待
步步逼近迎合等待的急迫和欣喜
当陡然提速的浪潮疯狂扑来
要么粉身碎骨
要么落荒而逃

潮水退去，风平浪静
沙滩的贝壳脱离肉体，只留下
细密的螺纹和涛声的怅惘
心有余悸的过往和再也不敢近前的观望

短　信

你说你在都市累得想飞起来
无暇顾盼繁华的风景
容易醒来容易睡去的晨昏
汹涌人流散尽后沉落孤寂

我在红尘忙碌的间隙回复你的忧伤
看彩虹驱散暴雨后绽放的七彩光芒
看烟雨中不坠青云之志的短句回响

我信心满满
月满西楼时
会踏歌而来

秘　密

那年我和你在红街桥坐到月明星稀
堤岸的青草记不清桥下流水
地平线上一抹猩红的曙光
是今生拂不去的红尘

一块石头被贫寒的时光抛弃
沉没于桥下流水，微澜平息

回想的远笛早已不怨杨柳
当年的春风时常栽满庭院
一抹绿意跟随履痕走向深远
一片云朵亲吻白发追随盘旋

多年以后，我怀揣那片云
仰望天空，痛饮一河泥沙
坚持初心，迂回奔流万里

双　轨

火车站搬迁留下废弃双轨
在城西一隅呈现斑斑锈迹

曾经车来车往
双轨闪耀蓝光
一声汽笛送滚滚车轮奔赴远方
枕木相偎相依
沿线碎石振颤清脆的回响
站台人来人往
依依惜别温暖千娇百媚的霞光

一别之后，一去不返
列车从此拐了道弯
留下荒草一年一度
风吹落碎石敲打水沟的浮萍
独行于双轨间的空洞
看不见楼外楼
站在空荡废弃的站台大声呼喊
瀑布倒流的时光跌落气象万千

流　水

高山上来自泉孔的溪流
在绝壁上孤悬
空谷的回音日夜如禅
山脚的野渡
无人，有舟自横

流到低处
与四面八方的水汇集沟壑
人都在往高处走
它正流向低处
裹挟着脏乱的尘埃
携一把钢刀一叠钱币
提一湖浊酒两行清泪
虚掷的光阴噙满所有的破碎
再也找不到出处

邀 约

眼睛像一集电影放完后幕上的斑驳
他用消毒液清洗打磨
镜头开始——

来,陪我小酌一杯
好,和你痛饮一回

他在灵魂敲响钟声的黄昏上路
落叶在身后一路无声遮盖归途

夜行人

乡下夜行人少
他们不怕人，怕鬼

城里夜行人多
他们不怕鬼，怕人

路灯月光都是累赘
整个身子照得通亮
用双手遮拦住眼睛
像晴天撑着一把伞

他们要把前半夜扎成一片纸天空

明月是一只盛过苦荞酒的空碗

月光皎洁众星拱月
一派祥和熠熠生辉
沐浴月光下心旌摇荡
我抱紧如你发丝的丛林
听松涛起舞月光

月光消失一团漆黑
山川河流无影无踪
独行黑暗中心凉如水
目光在天空涂鸦着草书
任时光高估顽疾

如今，我是个秋天因迟到被罚酒的人
明月，不过是一只盛过苦荞酒的空碗

秋　分

只有今夜
和白天一样漫长
接下来的寒凉越陷越深
江河低矮大地单薄
一场秋雨悄无声息
天空洗出一片蔚蓝

万物噤声
葡萄架开始瘦身
麻雀正打旋飞远
挥手作别渐渐流失的水
如霜白发半遮半掩枯黄的伤悲

不必远上寒山
石径已经歪斜
且看长夜疯长的枫叶
怎样固执红于二月花

秋阳是奶奶慈爱的目光

阳光真好,从窗口进来
像奶奶裹过的小脚,一寸一寸挪移
包围我,笼罩我
抚摸我,温暖我

它仔细打量我内心的河流
及河流飘零的落叶
它聆听雨水滴答的涟漪
及涟漪扩散的声音

它温情驱散我腹部的云朵
及潜伏的雷鸣闪电
他努力温暖这小小的庭院
及庭院弥漫的清冷

秋阳是奶奶慈爱的目光
走出庭院,卸下八千吨情感
回味奶奶一生走过的庙宇守望的孤灯

再看桃花

这次竟在斜风细雨中，与你邂逅
远山郁郁葱葱，春风从坡上下来
唤醒曾经所有梦幻
此刻，沉静的心将你又一次重温

我知道你还是你
而我早已零落成泥

你还是你，还是路过红尘
惊鸿一瞥的仙

三月的风雨正好，我是该写点诗句
曾经，我多想是《聊斋》中的那个书生
万种柔怀脉脉温情化作一段婉转

你选择最美的季节，飘然降临，寻觅
舞动裙裾，种下尘俗中
最被人渴望最为浪漫的爱恋

你看你看，你粉红的笑脸
洒满爱的光辉，在风中绽成祥云
人群中我独自在与你对视，不愿走得太远
清风徐来，是你
被爱情洗浴过的足音
这些年的平凡岁月
从此氤氲缱绻

你就在蜂飞蝶舞山花烂漫人潮熙攘中尽情绽放吧
像昨夜星辰，你走得再远，应该心有灵犀
当一年一度卷土重来
当沧海月明蓝田日暖
就让这片刻的凝视变成追忆
或是云烟

赠 别

这一次赠别
比前一次更渺茫
风不停止摇动停泊的小船
夹杂着深山鹧鸪声声
你我默对在寂静的渡口

总走到渡口戛然而止
这条小路走过多次
此刻沉默得像晒蔫的葡萄藤
只有背靠的这株樟树
片片绿叶片片颤动的生命
蓬勃中把一根枝伸向远方

流水潺潺
桨声割不开万语千言
一只飞倦的鸟
扶携着你的背影
一同叠进那个难过的落日

桃 花

唯独你见证着春天的来临
光秃秃的冬天格外漫长
其实整个冬天我在和你默默对视
回忆你曾经灿烂的微笑
可惜我懵懂的青春没有铭记你怒放的容颜
没有读懂你花期羞涩无声的暗示
我焦急而又耐心地厮守一冬
期待昨日重现

你如期而至
站立枝头还是原来的地点
年轮也许将你改变
面对我积压一冬的悔意和眷恋
你嫣然一笑笑春风无情
笑这虽已重来却错过太多的心事的季节

桂　花

因为不忍心采摘也因为够不着你
总在寂静无声的窗前聆听你开放的声音
凭窗伫立　咫尺天涯
花香竟如酒般浓烈

厚实的绿叶如伞一般遮盖着你
你来不及顾盼
也就忽略了我对你的钟情

我来回走在窗前
回忆在你周围徘徊的情景
四面八方的风吹不走我吹不走你
吹来的却是立秋后的凉意
我积压很久的思念
一直想表白于你　趁这香正浓时
又怕被说来就来的寒露　打湿

栀子花

春暖花开时不见你的踪迹
原来你是在守候初夏的来临
为初夏的来临　精心打扮

从花蕊到欲放到盛开到被人采摘
我一直在默默注视
用一个干净的碗盛上清水
让你找到回家的感觉
花香加溢　满屋被你布置得恬淡温馨
点燃一支烟　回味着眷恋着你当初的羞涩
你怒放的容颜正扩散我洁白的想象
多希望此刻的你在我记忆中永远定格

当你青春褪色　容颜老去
我不会舍弃　只会小心将你风干珍藏
你曾经童话般的洁白催我永不谢幕的激情
你清香的过往必将陪伴我到永远
曾经的期待与梦幻不会因你的褪色而改变

因为　因为初夏易逝
因为　因为秋风紧冬雪寒
看南飞的北雁看深冬的落叶
才会明白世上真正的爱是相濡以沫

灯　光

沉默。突如其来的沉默切断了微笑
空气凝固成一首带雨的歌谣

四壁如镜。一切光景静若处子
谁是心里藏着镜子的人呢
暗夜传来星子坠落水面的声响
扎根悬崖的过往
肝肠寸断的仰望

这来历不明的夜
灯光只收留我一人
阳光下的喧哗与骚动无影无踪
此刻，我会静静地想些美好的事情
让春天还原

灯光将我投入地面变成另一个人
将红尘的痛扭曲给漆黑的命运

黄 昏

千帆过尽留下孤帆远影
春花凋零残存落寞黄昏

门前栀子花开始展开
窗台的君子兰早已深色
月已上柳梢头
一个人的窗台约会了黄昏

书翻来翻去
频道调来调去
烟将两眼抽得枯涩
低沉的歌声如蝙蝠的翅膀
从身体飞旋而去的落日,坠入迷茫

黄昏把我遗弃在夜晚
夜晚把我冷落在梦幻
梦幻在枕边
与一个不曾爱过的男人
相濡以沫

漂流瓶

捞个瓶子打开看看
寥寥数语无聊空虚
偶尔打捞,大多时光任其闪现
不知姓什名谁不知海的深浅
海是一片无法摸清方向的蔚蓝
瓶从岸边出发又回到岸边

盼望一个瓶子向他定点漂来
盼望一个瓶子向她定点漂去
出发和到达纠结出时光清澈
他以低垂的姿势守候夜色掩盖的秘密
内心的巢穴被梦幻注满
摇晃的眼睚被负累粘连
漂流瓶百转千回
正与他殊途同归

我在桥头等过你

突如其来的雨点,是急于过桥的鞋声
是我在桥头等你的心跳
你若隐若现,撑着那把曾经共度微雨黄昏的伞
河水暴涨,漩涡漫延
桥面瞬间延伸为千里迢迢
桥面的雨如悬崖上的瀑布
你无法过来我无法过去
待春天再来桥已成空
当初的背影春色正浓

只怪一场暴雨比你来得更快
一束玫瑰被风雨卷走
这漂流瓶般的玫瑰
还能否漂到你手里,或午夜梦回?

麻　雀

麻雀的时光躲闪在密林深处
大道的香樟只为夜里出没
烟尘湮没翅膀的痕迹
瘦削的脸上除了秋风还有落日和泪水
尖利的双爪除了雨雪还有惶恐和低回
天空和麻雀一样小了
云朵啄成叽喳的话题——
猎枪收缴了，弹弓还在

麻雀把家越举越高，再也落不下来
觅食的飞行留下一路战栗的记忆
跳跃的双爪除了老茧便是骨头
坚固得可以防震的鸟巢在摇头晃脑
日子艰难却没有哭泣
美丽的小眼睛一如既往
在轮回的四季闪耀亮光

荔 枝

洞箫，驮运荔枝的马蹄声
隔千山万水考验贵妃的耐心
日啖三百颗
天下荔枝聚一人
万千宠爱于一身
一生幽怨只为等待一个声音

千年以后
古道驿站随马蹄声远去
荔枝的风韵不减当年
荔枝林深处的仙气照样此消彼长
沉落清凉水中的遥想
挂立枝头无风的沉思
剥开，一只只幽怨的眼睛
不见当年纤纤玉手伸出红袖
不见月夜落花纷扬回味闲愁
荔枝飞入寻常百姓家
落入红尘
误入风尘

霜　降

有你在，灯一直亮着
一截滚烫的烟灰欲落未落
风和夜色七拐八弯
吹掉眉宇探出的白眉毛
吹开两鬓较量的白
像壁墙的两束灯光
像白白流失的时光

从春到秋，我徘徊丛林，问过溪流
究竟要准备多久
才能迎接你的到来
究竟要积蓄多久
才能策马同行岁月深处

遗落花草和幽径，我的足迹
开始铺满冰冷晶莹的霜粒

捕　鸟

曾经的村落,拆迁成一片废墟
密林还在
曾经的鸟雀,寂静地生存
泥土还在
高楼逼近落日的声音

安置之后,闲人用加快的心跳放慢光影
用不夹子弹的弹弓喝退黄昏
强光灯如刀,顶住迟迟不愿入睡的鸟雀
中弹的鸟雀,如石头坠落
闲人捡起,捡起一双睁得更大的眼睛
惊散的鸟雀,不会飞得太远
从一棵树到另一棵树
只是闲人一步的距离

后来,闲人在林中竖起一张细丝网
丝如阳光,拦截鸟雀的张望和向往
白天和夜晚
密林如井,幽深孤单

闲人愿意来世变成一只鸟
飞在群山起伏的林间

读余秋雨《门孔》

那个家还在,门孔还在
阿四还在,还在白花丛中
找出父亲的拖鞋放在门边
还在透过门孔,守望归来

没有泪,他找寻着父亲
微笑的酒窝恰是浑圆的门孔

他不知道《牧马人》《天云山传奇》
也听不见清凉寺的钟声
他只知道父亲高大的形象
和人来人往中对他微笑的模样
他不知道父亲的一生
掩藏了多少不为人知的沉浮躲闪
呈现了多少震撼人心的世事变迁
他只知道父亲多天不见
满屋白花依然鲜艳

一遍遍读着《门孔》

一次次对镜扯掉根根白发
一念即平,再无东西南北
一拍即合,初心再无内外
日后的风霜雨雪千山万水
尾随一个黄袍僧侣,安然走过
故乡的泥泞
繁华的大街

槐 花

我来与不来
村口的槐花，落满小径

那些年无忧无虑
捧着饭碗站在槐树下
落在饭碗的槐花，如蜜

那些年满腹心事
拽紧衣裤伫立树下
槐花招来的月光，如一袭婚纱

这些年逆流而上
梦境抗拒着幻想着玫瑰的谎言
村口槐花做成的风筝，已经断线
落在高楼间空的，另一棵树上

倾　诉

黄昏的行走
酒的来龙去脉
说着说着就离题千里

诗句的成因
千秀谷断裂的一根竹子
说着说着就灯光迷离

逃离的出口
身上布满荆棘的疤痕
说着说着就目光凄迷

露水在清晨爬上叶子滚动的姿势
薄雾在黄昏剪辑想象的悄然退隐
与影子相依为命的夜晚
灯光被黑夜驱赶的倾诉

离 异

男人离开以后
飞鸟衔尽门前小巷的灯光
屋内只剩下她和承重墙
门窗好像也被拆走,显得空荡
一堆旧物在屋角无畏地唏嘘忧伤

昨天她还是妻,是母亲
昨天的天空阴云密布没有闪电
今天男人一声叹息带走一切
镜框的裂缝是岁月留下的把柄
一张银行卡买断二十年爱恨情仇

绵长的雨止不住哭声
哭声像一张揉皱的纸
揉碎了,弄脏了密密麻麻的文字
泪水止住的沉默是一张白纸
明天会在上面书写什么
一支衔在口中的笔
不肯落地

流浪老人

脏乱的衣服挑起零乱的毛须
完整隐藏一些不为人知的秘密

一根结实的木棍
防狗,防人,防店内飞来的异物
几枚硬币在瓷盘上抖得震天响
笑和作揖比行人的投币更快
喉咙打转的轻蔑
将旁若无人的目光推得头也不回

丰盛的晚餐是倚在酒馆门口的守候
露天的住处忽略了季节
一瓶小酒打开,故乡雾般升起
瓶底朝天天如瓶底
只留下一天下来自己的鞋声

一阵风吹醒嘴角的浅笑
笑多少人曾经旁若无人头也不回
现在也无处觅食无家可归

收废品的老人

出门，一辆板车吊扎麻绳
进门，一车废品挂身汗水

一日三餐没有规律
唯一的规律是早出晚归

废纸箱拆开、折叠、捆扎
塑料瓶倒空、捏瘪、盖紧

秤杆一头是零钱
一头是散落的白发

成捆废品扛上板车挡住了视线
上坡走的S形步步相连

挤满零钱的破旧钱包
像一个残破的碗接满人家屋檐的雨水
钱存在别人不知道的地方
梦如流水流向路人皆知的家园

山中孤寡老人

山岔口,时光的背影
正对着孤寡老人后院的围栏

石块垒起的房子像古城墙的碉堡
陈旧,精巧
他扎花圈,灵屋,养头种猪
布满老茧的手攥紧一笔笔收入

他开荒种块菜园
微微尘土,清清雨露
每棵菜那样洁净甜美

他养鸡养狗
鸡将阳光啄碎一地
狗将月光围满庭院

临终,他交给村长一个存折
存折的温度被村长攥紧
弥久不散

蚯 蚓

肝肠寸断之后
继续活着
眼泪其实是你挚爱的雨水
在泥土的温存中复活一回
泥土松软
草尖正彩蝶纷飞
伸伸屈屈,来日方长
曾经断裂的过往
筑起耕耘一生的希望

蚂 蚁

蚁路是一张吸墨的宣纸
只只蚂蚁是小楷的文字
来回书写只为一粒米饭
一颗糖果
搬回家园

日出日落,随遇而安
不论春来光顾还是秋来光顾
生存下去,繁衍下去
小小的洞穴托起命运的延续
风沙赶来,宿敌赶来
巧妙回避之后笑看草木荣枯

蜗　牛

探路的触须是盲人的拐杖
坚硬的外壳是农家的脊梁

有绿叶牵引，有泥土滋润
有回忆改变背负一生的前行
如磐的风雨被沟壑带走

典藏一生的脚印
倾听一生的风雨
低到尘埃的守望
奔赴家园的晚钟

铁　树

铁树苗成林
林子充满芳香
和四季不断重现的少年时光

铁树成年，各奔东西
雕塑下，花坛上，公路旁
低矮装饰别人的风光
历经时日，叶子粗粝、坚硬
像使劲张开的指头指向天空
姿势沉静，年复一年
像深山庙宇
一个僧人一盏清灯

默默坚守
终有一天
开出一朵并不艳丽
却足够世人惊喜、眷恋的花

狗尾草

田塍地畈
荒山野岭
墙头缝隙
像朴素的村姑随处可见
为我们打开春天的门

一粒微不足道的种子
遇上阳光雨露和风
和一撮尘土
哪怕悬崖也能生根

狗尾草不像狗尾
它屈从的主人
是广袤的大地深蓝的天空

麦　秆

一场雪让麦子醒来
又一场雪让丰收在望

春来，满地争先恐后拔节的声响
春光雨露催促长势更旺

五月，麦子熟了
从春到夏，从葱绿到金黄
踉踉跄跄，那样匆忙
沉甸甸的麦穗压不弯麦秆老去的脊梁
抽空的麦秆回荡喜悦和希望
怀念逝去的世风
没有污染的土壤

割倒之后
光秃的麦秆
焚烧，还能闻到麦香的味道
卧倒，还能吟唱拔节的歌谣

深 秋

落叶如小雪
落在头发上,头发也在脱落
如小雪

我买面长镜搁在窗前,正对着门
父亲说我真不懂事
我把镜子挪移位置
让镜子看不到门的进出
但肯定能听到越来越冷的风
破门而入
肯定能看到越来越密的雨
敲打窗檐

对镜。选择一种姿态保持美
看镜中将要来临的冬雪雪冬小大寒

雾 霾

死于一夜缠绵的呵欠与沉思
雾起时,兑现成迷茫的鸟声

拨开迷雾的手,如溺水者挥舞的臂膀
背负石头的溺水者
奋力靠近岸和远方

不如走远,走出一片若即若离的记忆
或伫立成树,枝叶爬满雾尘
恰似你通身凝固的香水

雾霾退尽
堆满前方的一座庭院
落叶飘零

注　释

一场对白
随往事风干成一堆蝴蝶
被一树秋风收留
我愿意在秋风中沉默
愿意在一场大雪来临前卸下沉重
用深深的脚印在如纸的雪地倾情怀念
怀念你，怀念从前

大雪无痕，雪落无声
是最美好的注释

盲　人

路途上想起半生情事
挣不开六月的裙裾

摸遍竹竿两头
带扎泥巴的一头放回原地

被人摘光桃子的树
一场雨后参天的竹子
赤裸的身子在烈日下暴晒
泪水潮涌从眼角流不出来
只能夜深人静洒在床上
一张发霉的床单
晒不出最初的向往
晒出每天摸得准确无误的零钱

一生的点击
一地的星光

河边的错误

被风吹到河边的人
像往常一样散步
流水时缓时急
许多穿鞋的人在河岸走过
不见踪影,唯我赤脚

一片穿鞋者绕过的淤泥
幸好我只有一只脚踩中
还有一只健全的脚
将整个人抬起

夜宿千秀谷

几杯桑葚酒过后
竹林暗了,池水暗了
千秀谷如同瓶中桑葚的颜色

扶着一根瘦竹
一场细雨喝散无由

凉风吹动密林的枝叶,也吹起
鸟雀的呢喃
像夜深隔墙的私语

默念着余秀华、辛弃疾,《围城》和《瓦尔登湖》
山谷不时传来一两声绝句的回响

还 乡

在田畈转一上午
只为找到我家那几块田地
和一块地头祖父母的坟茔
走着走着就走进白云

户户高楼,土砖墙绝迹
墙头的狗尾草听不见风吹
村后的河水向东流也向西流
老鸦还是落在家槐的枝头

回家的路,已经没有泥土
下车的刹那
是我一脚踏空的四十七年人生

村 小

老师用竹条抽出我的懒惰慌张
三条血痕像三条蚂蟥
我跑到村后山逃学一下午
书包当枕头阳光当被
有蚂蚁爬上血痕又慌忙离去

村小已改为敬老院
村小的钟声
荒芜了一世的月光

河　流

河流的汹涌是暴雨和群山的堆积
有时浑浊有时清澈
河底石块布满青苔
赤脚上去享受一片清凉
每一步小心翼翼
流水时常将我淹没
咫尺的岸救我上岸

河底一切如此神秘
河岸芳草照样萋萋

葡 萄

葡萄藤的幻想
是延伸的触丝
葡萄架的等待
总是太迟

藤蔓如同璀璨的烟火
绚烂过后开始结果
葡萄抱团取暖
阳光青涩

主人每天望一眼
葡萄红一次脸
熟透的葡萄落不下来
主人的微笑
弯成一把锋利的剪刀

对　视

一架决堤泪水冲垮的镜片
一张私藏春天蜡黄的脸面
灯光微弱，月光明亮
过往短暂，未来悠长

梦与醒的对视
白天与黑夜的对视
爱与怨的对视
繁花与电闪的对视

突如其来的幸福让灯光沉默
月光切断对视
一起凝视两个卷角的窗花
恍若梦中两个凝固的火把

雨后的阳光

阳光还是一张纸
几场雨的击打
白纸起伏坚硬的褶皱

屋檐的几片湿迹
叶面的几滴雨水
渐渐退隐的滴答如钟的雨声

与你我有关的回落与潮涨
与云雨有关的流水与芦苇
在一只蝴蝶的翅膀中
褪变成一道迂回的霞光
在有云的地方
会无声地坠落

江 湖

少不知事,每次看头顶的飞机
会跟着群山,跑去很远
起伏的苍山,翻卷的云朵
几番更迭到了长城到了纽约

中年以后,每次想无尽的人间
会踮起脚尖,仰望云端
前面是悬崖,有人在翩翩起舞
后背是深渊,有云在坠落轻生

原地不动,接受时间的审判
结果不过是一张白纸

改　变

灰姑娘变成公主
那是王子的命运

深夜的酒，频频撞响的
是梦撒落一地破碎的声音

试图改变这清冷的时光，可是不能啊
把身体内的闪电抽出，云彩弥漫每个时辰

面对喧哗，我早已无动于衷
捧几本书面壁，如幕的白墙，雪落无声

窗户关闭了春天和花朵，甚至光亮
出门，左拐还是右拐，都是冬天的深处

改变清醒时的落寞，及尘世的忧戚
让我急速逃离荆棘林中不太安分的想象

我还在面对遥远的村庄沉默地抒情

让我渐渐原谅人世的凉薄和冷暖
时常一个人放歌,陶醉的姿势在风中摇曳
忧伤而甜蜜

洁白的墙

不怀疑大街小巷耀眼的白墙
白迹未干时牛皮癣在晃荡
阳光扑面而来
四面纯粹的白

白墙如镜,镜里镜外两个人
突如其来的装饰奔忙于往返的歌声

顺着红瓦檐的朽木流下的雨水
留下一条红黑相互渗透的印迹

夜行保安镇

从沼山翻滚下来的风
像开闸的水
随风飘送的松香
敲响三元阁的钟声
钟声敲落满天星子
保安湖面一遍星星点点的蔚蓝

老街和新街,并排而卧
如同纸屑飞旋的繁华与冷落
在一个叫"保安"的和尚木鱼声中
岁月如歌

满天星子云集新街璀璨的灯火
一轮明月夹在老街狭长的门缝
连接两街的小巷越来越窄
我匆忙的脚步恰到好处地穿过

冬之草

秋尽。日子越来越与果子无关

小草作别弄巧成拙的云雨
在如刀的风雪中坐禅
那么多的践踏磨亮耐心
和一颗深埋地下的苦胆

一道伤痕足够徘徊一生
哪一粒种子足够亡命天涯呢?

这野火烧不尽的命运
屈从一个冬眠的季节
醒来就是繁花似锦
活着,还有轮回的安心时日

小 雪

不见雪
下跌的温度云聚比雪冰冷的云朵
跃跃欲试,欲落未落
我用一场白守候一场雪的到来
落光叶子的枝丫是我欲言欲止的表情

雪在无声的暗夜飘临
天亮之后重回想象的峰顶
隐痛源于朝阳的泄密
残雪隐退
留给枝丫苍白如梦的忏悔

深　冬

一念之差，柳叶就枯了
湖水在做冰变的准备
阳光忽躲忽闪，云朵迂回
常青树回忆旧得不能再旧的往事
落花流水，面容憔悴
杜鹃鸣啼旧年的血迹

风提速，时光提速
藏在诗中还有时间让尘世的纷扰停留
还有时间去触摸一些温暖的意象——
飞鸟的弧线
阳光的金黄
野草的冬眠
枯井的渴望

困　境

一条绳子捆住双脚
心如寒风中挂在枝头的塑料袋
昏沉，痉挛
脚下是一道道无法跨越的门槛

掌心的老茧一字排开，如飞雁
纹路是一条条疲惫沧桑的河
纵横交错
它的涛声与母亲的叹息一样蹉跎

眼神在黄昏黯淡下来
一丝血色
是昨夜梦见的一枝凋谢多年的玫瑰

当绳子在时间的浸泡中变松变软
脚还在绳子上
脚不在绳子上

大雁塔

登临大雁塔
满塔阳光恍若佛光

四面的石门
大唐古风来来往往
门楣的佛像
还原了僧侣最初的模样
慈恩寺的巨佛,光芒万丈
禅院内的钟声,撞醒时光

厚重的大雁塔
我能知道些什么呢
除了云与云相遇的诗意
除了花与花伸展的声音

神州牡丹园的黄昏

一路想起万花竞放的情形
走进牡丹园
错过的花期如同蝙蝠的翅膀
扇动着黄昏

走近你,我像个孩子
急切地把六百亩花池翻遍
只为急切亲近娇媚的容颜

感慨刹那间铅华落尽
赶来看花的女子,照样痴情
偌大的牡丹园
把残存的花香抹在袖口
把漫飞的鸟鸣落在肩上
出门的刹那,遍地残阳

三 月

三月，雨雾朦胧，阳光稀碎
是春天步步紧逼
乍暖还寒时候，最难将息

羊群追赶青草
青草招摇彩蝶
湖畔的石块长出好看的花纹
抬头看花，想起叶子落下的过程
低头看雨，庆幸时辰的透亮晶莹
密林深处的庙宇
传来无关季节的木鱼的声音

流连三月，只为等待人间的芳菲
为两鬓的白送行
山一程呀水一程

一棵树

已过满树花香的年纪
葱茏遮掩不住自身的疤痕
流逝之殇,无可奈何
芬芳流韵,似曾相识

常来一棵树下,其实漫无目的
年年花开花落,岁岁冷暖自知
一根与地面平行伸展的枝
被晨练的手,磨得光秃
而尽头的绿叶照样被光阴收留
它不屈从肆意的拉压
它不伤感风雨的击打
只为证明,一段伤后
铅华落尽,再续铅华

房　子

踱步声惊醒午后的阳光
从窗台跳下
匍匐地面
然后蹑手蹑脚退回沉睡的窗

踱步声惊醒午夜的星辰
在枝叶闪烁
驱散隔窗的灯光和月光
然后一齐黯淡，答谢相遇的美意

这房子，像一只酒杯
像一把雨天的伞
像村后山的天然溶洞
像上卷和下卷和并的大地和天空

跌跌撞撞走进这间房子
再回首已是一生一世

歌　声

唯一一道门封闭了歌声
满屋灯光像一盘迷离的棋局

跳动的音符像受惊的鸟雀
飞来飞去，飞来飞去
尖利的双爪抓紧零乱伸展的眉宇
声嘶力竭，喊来月光又喊来日出

高潮迭起的部分
搁浅琴弦的记忆
昨天踱步的小径
柳絮纷扬，残红堆积

大风过后

风在四面八方吹出许多响声
一床被子吹落地上
落叶和尘土赶来
安静地颤抖又急速飞远

风使劲摇晃受伤的枝叶
在敲打中指责,在指责中怨愤
浪支离破碎
石堤的水痕发黑后长出青苔

这看不见的惩处,乃是天意
人到中年已是漏雨的中途
风平过后是浪静
二月过后是三月

我找出送你又买了一本的书
在莺飞草长的三月翻阅
每一页都很仔细

茶

守着一只粗瓷的茶壶
我不要繁琐茶具筛漏的风情万种
一口茶，一段与墙对视的白
一整天，一场与茶较量的空

壁墙的山水放大了寂静
冬去春来，季节已消失无影无踪

透明的杯底，茶叶正绽放
春天的花朵，正争相盛开
远方的鸿雁，还没有衔来
你的消息

雨中醒来

遮阳篷将雨和雨的想象放大
带有余温的梦境,是诉说罪行的地方

雨时缓时急,窗台改变昨日的温度
梦时隐时现,枕边残留今生的宽宥

雨百转千回,向湖心走去
梦千疮百孔,朝明天展开

都止住吧,天将破晓
出门还有一段泥泞的路程
路过桃花林,都得停下
雨后的云霞,召不回病逝的桃花

生产队

一棵老槐树
垂吊的钟声被蝉鸣吞噬,结成蛛网
季节不同农活不同分工不同
收成堆在村口的仓库
按人口分
我提几个空油瓶去排队分油
风吹空油瓶,像婴儿饥饿的哭声
禾场上开夜工碾麦
队长跟漂亮的赵婶坐在麦草垛
一阵风把麦草吹下,将两人淹没
仓库厨房几笼碗口大的馒头
每人两个
夜深,母亲带回来将我兄妹叫醒
嘴角衔的一块馒头在梦中忘记叮咛

冬闲。会计在各家各户门前
写上"一年早知道"
可有谁知道
当年提空油瓶分油的小男孩

在城市漫游
头发已乱成故乡的草

剃头匠

每月来湾里剃几天头
中餐各家轮流派饭
他刮胡子有点像锄芝麻苗
磨刀的帆布带
像池塘边长满青苔的石块
他剃"满月头""新郎头"
酒足饭饱还有红包
他沧桑的手上,剪刀的速度
赶不上时代的潮流
大街小巷
剃头铺都改成了美发厅

后来,他赋闲在家
时常对镜,用过时的技艺
理自己的发

殷祖徐太村农家乐

走进村庄,光阴慢了下来
青石板一字排开,熠熠生彩
古民居错落有致,否极泰来
屋檐下的枇杷
青黄更替
摘些许捧送友人
酸甜的味道沉淀过往的风尘

移栽的香樟拒绝沧桑
三根枝丫像点燃的梵香
神灵在上
祈求风调雨顺福泽新庄

清泉迂回而下,路过一口方塘
池水聚结山林的清凉
游鱼在水草丛中与阳光嬉戏
它们永远留在这里
主人是一对相濡以沫的花甲夫妻
他们永远形影相随

后山古朴幽深
独鸣的鸟,与穿过枝叶的光影对峙
与山中小寺的木鱼对峙
抬头之际,空中鸟儿飞
林间小路,追逐者的脚印
并不太迟

成遍的苗木,花期已过
深绿的枝叶,耳鬓厮磨
嫁接的月季,怒放炫红的花朵
缤纷的玫瑰,呢喃真挚的情歌
一群大黄蜂,吻别草木后背井离乡
逃离蛰杀生灵的过往
一群小蚂蚁,正在村口赶来的路上
努力驮运嬗变的时光

老板"五哥",慈眉善目
一位邈远而灵透的君子
犹如一只经年的陶罐,釉色沉郁
偌大的庄园
在陶罐中明净如镜
不停召唤这些年丢失在外的灵魂

美好的事

穿透你的镜片看到你的双眼
从此,我在穿衣镜上画出两个圆

把美好愿景凝结在你唇边那颗黑痣
玫瑰不够书本不够,路过的迟疑不够
春天不够夏天不够秋天不够
即将来临的冬至
能否带给你一场初雪的问候

翻阅你的背影聆听你的声音
从此,我把枕边的沉思编织成鸟鸣
渴望飞翔,痕迹不再路过孤独的声音
不再栖息风吹雨打的窗花
醒来的草木一齐眺望晨曦的静美

这美好的事,如影随形
漫天飞雪淹没深深浅浅的脚印
一场雪崩之后,还是寂静无声

反复的雨

一阵风过后,一段表白如同炸雷
急雨铺天盖地,涟漪飞旋
此刻,你一定在关紧门窗

此刻,许多树已开出并蒂的花朵
两条蛇在地窖缠绵,噤若寒蝉
两只淋湿翅膀的蝴蝶
吻住一片积雨的云朵
无法忘却的场景
雨怎能一笔带过

雨从万米高空落下来
打在心里,怎不心痛
一片云粉碎为多少零碎的雨
如同爱情粉碎之后
脚印爬满的青苔
阳光来临,雨水又至
成全轮回又对抗轮回
雨打石头,石头无悔

夜走大冶湖

湖堤的草木在黄昏安静下来
往来的脚步叩响炫目的湖光
万家灯火泼向湖面,纷纷扬扬

湖水披金戴银,多么富有
一层跳跃的青铜颜色。月光清浅
水深。风声,星月,暗影,灯火
同台合唱一首激越的歌

我把疑问捏成鱼饵状
投入水中没有回声
我把双手捧成空碗状
将眼前湖水再三斟酌

柳

在湖畔的垂柳下转来转去
光秃的柳条静寂在时光深处
风起时像翻动的泛黄的书页
阳光被枝丫卡成黯淡的唏嘘

冬还在尾声
而我心痛,一片抚风的柔弱的绿
经历怎样的期待与隐忍
怎能努力靠近头顶的星辰和咫尺的流水之声

油菜花

如果时光能够倒流
我一定会牵你的手
还是那片油菜花地
触摸的同时屏住呼吸
蜂飞蝶舞,蜂飞蝶舞
萌芽的菜籽
迸出炸裂的声音

此刻,我只是一个暮春迟到的人
油菜花还在,遍地都是
被打碎的时间
隔断咫尺的炊烟
油菜花,近在咫尺又远隔天涯

今天,冶城引进仙岛湖的水

江水退隐,湖水登堂
水清甜可口,纯净透明
一声惊叹,一泓清澈

湖水来自山涧,来自溪流
来自地下河不间歇的充实和问候
从乡村到城市,横跨百里
这是一个从清晨到日暮的过程
或者,从相思到放逐
从革命老区到百强县市

也许,引进的湖水
只是一条溪流
汇入江中

唯愿湖水如酒
人人脸上呈现熠熠生辉的青铜颜色

一里月光

白天和黑夜的距离
是一里月光

明月是一枚纪念日的邮票
漫天空留一片没有地址的蔚蓝

立秋的表白和试探
是请你从这个秋天起做我的客人
请你抚平一块陈年旧布也包扎不好的伤口

"云无心以出岫
鸟倦飞而知还"
一轮明月躲进云层

从此,我将水中明月
戴在头上

采 桃

双手捧着蜜桃
我不急于摘下
回想三月的桃花
争分夺秒地绽放
面红心跳的情节
几场透雨漂洗最初的相思
三月的梦幻只是桃树一生的装饰
绚烂褪色,戏在后头

戏在六月开锣
桃面的晕红是悠长的锣声
枝头鸟雀的反复啼叫,枉自徒劳
时缓时急的风雨侵袭,投机取巧
一张轮廓渐现的脸贴紧枝头
一张脆薄的皮裹紧甘甜

漫山遍野山高林密
我看到蜜桃的成熟从容
和背负一生的阳光风雨

又见栀子花开

春天对初来乍到的夏天说句悄悄话
转身。留下朵朵大大小小的栀子花

重复以往。采摘几朵插入碗中清水
茶几和主人,物是人非
春天已结束旅行
曾经的繁花似锦
雨丝陪伴落英缤纷
整个季节曲终人散
"日暮东风怨啼鸟,落花犹似坠楼人"
我从三月坠落下来,却伤得不轻

静坐如禅
看干净朴素无动于衷的白
看水有无沉降迹象
一天、两天、三天,当边缘泛黄
与你同行的前方路途也是悠长
而现在,与你对视的诗句
每时每刻不同凡响

当洁白彻底隐退
我会把看似毫不相干的叶子
一片、两片、三片……
装订成册

伤　口

春天的荆棘划出一道伤口
繁花不再似锦
玫瑰还是辜负了泪水的灌溉
喑哑的琴弦凋零了醉人的誓言

用阳光和诗缠绕的绷带
夏季隐隐作痛
心湖的涟漪相遇后相约静止
隔墙的风声如心情顺着细叶落下

秋来，伤口已成熟
结出枫叶的红
钟声隐约，黄昏惆怅
被伤口拌倒的几颗星子
跌落在尹家湖的夜行船上

"谁家今夜扁舟子
何处相思明月楼"

一场雪花足以表达爱和春天的意象
飞雪裹挟伤口印迹呛住生疼的无眠

回　想

不再用沉思的诗句制造思念
不再怀疑桃花的匆忙与掩饰
不再在积压的云朵峰回路转之后
惊叹天蓝
不再在时断时续的风中
许下承诺

可是，每个夜晚
我还是仰躺在夜行船上瞻望星灯
月倦人乏，一幕幕记忆一席席故事
连同远处飘来的无关紧要的歌声
从眼眶滑落
宛如一汪露

看 花

小路边，野荷塘，公园里，窗台上
有花的地方你会停下脚步
一个时辰或一个晌午
野花，睡莲，几簇月季几盆雏菊
绽放在你的视线，春天如此
秋天亦是

许多花前你会蹲下来
像上朝的皇后，花朵成了心机太重的臣子
小心上奏，小心提问
你在半梦半醒中起身
一定有只守候半生的鹭鸟受惊飞走
留下忧伤下半生的
优美弧线

你看花时，许多花落在你身上
我看你时，许多花落在我身上

秦淮河岸

风起。看水中倒影魔幻千年
旋涡依旧在。如钱孔,如樱桃小口
如落水的月亮挣扎回旋

六朝烟月,金粉荟萃,更兼十代繁华
黏稠的河水插不进爱情缭绕的十指
十里秦淮稀释尽琵琶的哀怨
满天星子堆积满寂静的船弦
两岸的舞榭歌台
檐角飞起,挂满如风的思念

还有人,舀起坠河的月光酿成美酒
听微澜轻叩,醉卧河岸
看望月台上,银光闪闪

南 瓜

一粒陈年的种子
长在荒山地角,荆棘林中

粗壮的藤,肥硕的叶
花朵在藤蔓中探出嫩黄
像十八岁少年远行的目光

花谢处长瓜
像新生婴儿,却没有一声啼哭
晨露清澈,蝉声如瀑
飞鸟衔来主人的叮嘱
风雨改变浑圆的大小和形状
和不断熟透的向往

老来坚硬
却呈现当初花开的颜色

天　真

去许多没有去过的地方
牵手。看亘古不变的风景山高水长
晨起。一边脸依偎我的肩膀
看日出由红到白
看对面人家窗台
盆花美到心疼的晨光
夜深。一起看窗帘上的蝴蝶和落叶
在忽明忽暗的灯光中飞旋
沉坠

年复一年，不离不弃
白发苍苍还能记起
曾经相遇的地点
累积一生的诗句

诗歌是什么（代后记）

四十岁之后才捅破一层纸——一切努力及所得都源于兴趣。

我一直坚持着诗歌写作，像一场铭心刻骨的今生望穿来生的爱恋。但它并不是我的全部。我其实一直在眼巴巴地活着，在欲望中挣扎，在得失中沉浮，在生计中奔波，在酒醉后胡言乱语……

可是，当一切纷扰沉寂之后，诗歌就像晴朗夜空的月亮，缓缓升起，我将纷扰世事筛选、过滤，甚至冶炼，诗歌就会闪耀光芒，就会灵光一闪地呈现。

"纸鸟飞去的誓言/琴弦一样突然拉长的脸/梦里没有说出的故事/全写成皱纹/趁这不惑之年/时隐时现……"（《四十不惑》）

我感谢诗歌的如期而至，像赶赴一场美丽的约会，让我热血沸腾，温暖我，悲悯我，给我慰藉和希望。只有走近诗歌的时候，我才是完整的，安静的，快乐的。其实大多时候我并不完整并不安静并不欢乐，所以它的到来弥足珍贵。我不甘心这样的命运，我也做不到逆来顺受，但我所有的抗争几乎落空，面对残酷的现实我束手无策——当然我也有自知之明。当我看到七十岁的父亲劳累一天后坐在昏暗的节能灯下就着一盘腌菜一盘青菜一碟花生米咽下几两白酒，我就变得很少出门。

"父母真的老了/老人像火盆/我辈时常回去取暖/火盆的炭火温暖　慈祥/我对炭火将要成为灰烬心存恐惧/到那时父母的坟茔将是一个倒扣的火盆/……"（《回家（一）》）

我并没有把它当很大的事，没有荣耀和沾沾自喜，我谦卑诚实地工作着生活着，究竟能在这条道上走多远，我没有足够的自信。因此，每年参加作协年会，我总是一个人悄悄溜走，惹得一些文友不满甚至愤怒，他们知道我的酒量，希望大家能天马行空无拘无束地畅饮。作协群里每天热闹非凡，谈文学，谈生活，谈文学与生活的关系。有位写散文的文友是某养鸡场老板，每天拍几箩筐鸡蛋发到群里，我时常看着光亮的鸡蛋发呆。当然我也从没在上面发半点信息。我是怕我的诗跟元宵夜的孔明灯一样，点燃，托举，高高飘扬，熄灭之后留下要别人收拾的残骸。

我的诗只不过是暗夜里寂静无人的草地上点燃的一团微弱的烛光，我与它深情凝视，默默祈祷，让微小的光亮照亮周遭的黑暗。

"我渐渐认同并喜爱自己渺小的背影/以及背影曾经和将要担当的成分/就算被自己踉跄的脚步拉得再长/我还会在家园蜿蜒的山路上热泪盈眶/……"（《背影》）

我从来不想诗歌怎样写，遵循哪些规则。有人提醒我注意韵脚，说好诗都是用来朗诵的；有人建议我多读古文，从中汲取营养；有人奉劝我多读小说，说可以提升诗歌的高度。我都在平时做了有益的尝试。回顾近年的诗作，的确缺少技巧，都是触景生情咏物感怀的流年式叙述。比如《黄山》，我自认为是自己得意的诗篇。三天的黄山游历，我惊叹黄山博大的美，惊心动魄魂牵梦萦。从黄山走下来，双腿不能动弹，我还是在

宾馆一鼓作气写下见闻和感受,用诗:

……离开黄山就像一滴水消失在雨中/浪漫了解脱了/天宽地阔/厚重了坚定了/踌躇满志/一别之后/我的心我的灵魂却永远驻恋在此/归来带上太多彻悟和终生难忘的爱恋(《黄山》)。

诗歌即寂寞。

从懵懂记事到如今人到中年,一路走来留下太多缺憾,且已成定格,烙印在风驰电掣的过往。

我铭记缺憾,夜阑人静独自一人品味,当胆汁从毛孔溢出,便成了诗句。所以大部分诗淌溢着忧伤的成分。我其实是个内向的人。酒桌上的豪言壮语只是一种表象,骨子里并不喜欢眼花缭乱的喧嚣和纷扰。我时常睁只眼闭只眼,这样可以减少一半的忧虑。或干脆闭目,开始往回找寻诗意地栖居在大地上的能力。

"无法重来,在这月明的夜里/为曾经的缺憾斟上一杯/一饮而尽之后,知道再相遇却已是一世/……"(《重来》)

诗歌即生活。

我发表的第一首诗《母亲》,写了母亲辛劳的一生。《母亲》是我在耳濡目染中对历经苦难的母亲的回忆,是我在讲述一段平凡的故事,故事的主题不止是赞美。从我记事起,父亲长年在外东奔西走,母亲一个人在家种八亩田地,还要照料我们兄妹四个,付出了难以想象的艰辛。我八岁那年的一个晚上,突发高烧,母亲打只手电筒到几里外的百庄村请赤脚医生,途经地埂,心急加上路滑,一脚踩空跌下深坑,后来听母亲说,坑是白天挖移的一座旧坟,当时母亲一点也不害怕……

参加工作至今,我去过一些地方,领略过一些风景,每到一处,我总要留心观察,记下细节的美,探寻它潜在的文化价值及内在魅力。从西湖回来,我翻阅了大量历代文人笔下与西湖有关的诗词文章,把我眼中的西湖与文人笔下的西湖加以比较,探寻未被我发现的西湖独到的美,再次修改我的文字,让我笔下的西湖丰盈饱满穿越时空:

"……归途的步履并不轻盈/游船依旧在湖面/匆忙、耳畔低吟着湖水的诉说/诉说千百年来爱情总是见证着岁月的沧桑。"(《西湖》)